엄마는 내가 일찍 죽을 거라 생각했다

김균탁

시인의 말

고백은 언제나 따가웠다
혀끝을 맴돌다 죽어 버린 말들과
세상에 나와 숨어 버린 말들이
무덤을 배회하며 춤을 추었다
죽은 내가 일어나 잃어버린 말들을
하나씩 끄집어내어 끄적거렸다
시가 되지 못한 말들이
목구멍에 걸린 꽃잎처럼
혀끝에 아른거렸다
아직 덜 무르익은 혀가
바닥에 떨어져 과즙을 터뜨리고
따가운 햇살에 녹아 사그라들었다
고백하지 못한 말들이 무덤 속에서 걸어 나왔다

2024년 3월

김균탁

엄마는 내가 일찍 죽을 거라 생각했다

차례

1부 매일 새싹 같은 악몽이 돋아

2부 무서운 날들의 연속이에요

3부 눈물에 젖은 꽃은 질 수 없어 녹이 슬었네

4부 무척추의 슬픔

해설

1부

매일 새싹 같은 악몽이 돋아

하얀 눈이 붉어질 때까지

그가 죽었다는 이야기를 들었을 때, 무엇을 하고 있었나? 술에 취해 있었을 거다. 눈이 하얀 원숭이를 만나 주거니 받거니 되지도 않는 말을 지껄이며 웃고 있었을 거다. 아니, 어쩌면 울었는지도 모른다. 하지만 원숭이의 괴성은 대체로 웃음소리라고 하는 편이니 웃었다고 해 두자. 죽음을 위로하기 위해서는 추락한 시간만큼의 웃음이 있어야 최소한의 예의, 가득 찬 술잔의 술이 바닥에 닿아 흩어질 때까지 서로의 눈을 보며 울먹이듯 웃는 건 죽음에 대한 경의의 표시, 원숭이의 손이 검게 물들어 녹아내릴 때까지 술을 마셨을 거다.

그리고 아침마다 겪는 숙취에 깨어진 원숭이의 두개골 같은 내장탕을 먹자고 눈이 하얀 원숭이의 눈이 붉어질 때까지 약속을 하고 또 했을 거다. 그는 허공에 손을 흔들고, 나는 비어 버린 잔을 흔들고, 우리는 일찍 죽은 몇 개의 영혼에게 약속 따위를 했을 거다. 대체로 술에 취하면 쉽게 약속을 하는 편이니, 원숭이의 꼬리처럼 새끼손가락을 둥글게 말았다고 해 두자. 그러고는 약속을 잊어버렸을 거고, 밥이나 한 끼 먹자는 영영 지키지 못할 약속을 쉽게 흔들리는 꼬리처럼 비틀거리며 집으로 갔을 거다. 아니, 어쩌면 집에 도착하기도 전, 원숭이 같은 슬픔을 끌어안고 길 위에서 잠이 들었을지도 모른다. 신발을 가지런히 벗어 두고 외투는 패배한 자의 깃발처럼 전봇대에 널어놓고 어린 원숭이처럼 웅크린 몸으로 잠이 들었을지도 모른다.

깨어나고는 그의 죽음을 기억했을까? 하얀 눈이 붉어질 때까지, 아침노을이 저녁노을이 될 때까지 추락할지 모른다는 두려움에 그의 죽음 따위는 기억하지 못했을 거다. 그러고는 다시 원숭이를 만나 잊힐 약속을 잡고, 쉽게 잊힐 죽음 따위를 위로하고, 위로한 죽음들을 위해 축배를 들었다가 검게 그을린 고향 같은 숨을 몇 번 들이마셨다가, 매캐한 연기에 기침을 몇 번 토해내었다가 울었다가 웃었다가 내장탕으로 허기를 달래며, 터져 버린 몸을 상상해 몇 번의 구역질을 하다가 붉어진 눈을 거울에 비춰 보며 익을 대로 익어 익숙해진 떨어진 얼굴들을 주웠을 거다. 그리고 그 밤도 아무 일 없다는 듯 술에 취해 어린 원숭이의 손처럼 깊은 밤을 얕게 헤매다 잠이 들었을 거다. 하얀 눈이 붉어질 때까지 죽음을 위로하며, 위로되지 못한 위로를 위로 보내고 아래에 남은 사람들이란 술이 익어 가듯 모든 죽음을 잊어버렸을 거다.

정돈

사라지는 것들을 어둠이라 명명합니다

흩어진 꽃잎의 학명은 cosmos bipinnatus
끊임없이 흔들리는 목이 긴 가을입니다
흔들리며 피는 것들의 어원은 kosmos
하지만 가을은 처음부터 거짓말
당신이 두고 간 향기를 가지런히 눕혀도
어둠은 계속 길어만 집니다

로드첸코*의 〈순수 빨강〉이 실패한 자살의 흔적이
라면
코스모스는 단지 꽃들을 위한 신의 습작품
검정 위에 검정을 그려 넣었듯
어둠 위에 어둠을 그려 넣으면
바람 따라 위태롭던 포물선들도
숨겨 둘 수 있는 걸까요

몇 번의 우울을 더 먹어야

가을이 활짝 피는 걸까요

잔혹 동화를 쓴 작가 노트 : 시즌2*

당신이 부른 노래가 철새의 발끝에 매달려
흔들리며 날아갑니다
당신은 떠난 적 없는 허기진 헤어짐
배가 고파 울다 잠든 아이의 배 속에서
오래전 잠가 놓은 수도꼭지가 열리고
강물이 흘러넘칩니다
넘실거리는 위장은 배가 되어
먼바다를 떠돌다 침몰합니다
침몰은 수업 시간에 배운 가장 큰 거짓말
과장된 몸짓으로 가면을 눌러쓰라고 배운
아이의 배에서는 몇 척의 배가 허기를
채우러 낚싯대를 바다 깊이 드리웁니다
하지만 길게 드리운 그림자는
그림을 그리다 잠든 아이의 이별
헤어짐은 계속 겪어도 알맞게 익은
과일처럼 익숙해지지 않습니다

위태롭게 꺾인 파도가 반달처럼 남아

녹조를 띄웁니다
녹내장에 걸린 눈을 따라 늘어선 녹색 달,
녹색의 세계는 미치도록 아름다워
동화처럼 자랍니다
동물이 사람처럼 말한다면
잠든 아이의 머리를 쓰다듬으며
망상 속을 헤매다 허기진 뇌를
한입에 집어삼킬지도 모릅니다

피노키오의 코가 자라듯
조금씩 자란 자화상에서 얼굴이 녹아내립니다
녹아 버린 물감이 촛농같이 굳어 갑니다
녹색이 없는 자화상, 녹조를 토한 위산
철새는 딱딱해진 발자국을 떠나지 못해
부리로 허기진 헤어짐에 대한 태초의
고민을 고민도 없이 지저귑니다

배가 고파 배를 탄 아이가 흘린 눈물이

파도에 부딪혀 속삭인 말은
경마장에 버리고 온 울음
눈물에서 태어난 말은
바다를 건너지 못해 익숙한 사체
빌린 돈을 갚지 못한 건
이국으로 날아간 철새만이 아닙니다
빌린 적 없지만 갚아야 할 이자는
철새의 발에 매달려 떠나고 싶지만
불어난 이율은 위로가 되지 못합니다

엄마는 부풀어 오른 배에
풍선을 임신했다고 입덧을 하고
터져 버린 배 속에서 아이는
몇 조각의 빵을 훔쳐 철새의 발아래로 던집니다

우울증에 걸린 풍선은
아래로 떠오르고
파랗게 물든 계절과

가뭄은 가물가물한 기억이 됩니다
감나무에는 꽃이 피지 않아
텃새는 철새를 그리워하다 말라 죽어 갑니다
투명한 유리에 투사한 빛을 따라 시도된 시작
머리가 깨진 새 몇 마리가 위안도 없이 떨어집니다

잔혹한 동화를 쓴 작가는
말의 뒷다리를 뜯어 먹던 까마귀
죽은 말들이 떠나지 못해 동화되고
몇 개의 단어는 동화를 떠나고 싶다고 선언하지만
낡은 책은 페이지를 넘겨 주지 않습니다
갇혀 버린 언어들이 서글피 울어 눅눅히 젖는 밤
멀리서 들려오는 개 짖는 소리에
살고 싶어 안달 난 단어들은 안부를 물어뜯으며
안전하지 않은 밤 속으로 침몰합니다

* 이 이야기(드라마)의 시즌 1은 존재하지 않는다, 왜냐하면 시즌 1은 오래전에 죽어 버렸으니까, 라는 거짓은 가장 큰 거짓이다. 나는 이 이야기(드라마)의 시즌 1을 쓸 생각이 없다. 이 이야기(드라마)는 시즌 2부터 시작이고 시즌 3에 대한 기약은 습작된 적 없는 기록이다.

it

그것을 가지기로 결심했어요

이것저것보다 모호해

훨씬 매력적인 그것이죠

그것은 말캉하고 쫄깃할 것 같아요

사르르 녹아 입 속을 맴돌다 잠들 것 같아요

이것이 할 수 없던 말들

저것이 할 수 없던 일들

그것은 이것과 저것 사이에서

이것과 저것 너머에서

우리의 이름을 함께 불러 줄 것만 같아요

이름이 불리면 울어 버릴지도 모르지만

이름이 불리기 전까지 두근거릴 설렘

그것을 구름에서 떨어진 조각처럼 기다리고 기억하죠

이것과 저것이 하지 못한

그것들을 부풀어 오른 풍선처럼

곧 터져 버릴 것들의 목록처럼

목을 빼고 기다리죠

이것도 아니고 저것도 아닌 그것

오늘부터 당신을 위해 그것을 가지기로 했어요

그것을 바라보는 것만으로도

그것을 생각하는 것만으로도

이것과 저것이 표현하지 못한 표정들이

구름 위를 걷는 풍선처럼

그보다 높이 올라 서서히 커져 간

두고 가면 어쩌나 하는 두려움처럼

두터워지겠지만 당신을 위한 그것

이것도 저것도 아닌 오로지 그것

그것만을 가지기로 결심했어요

사선

썩은 시체가 걸어 나온다
무덤이 살아 움직이고
먼 조상들이 뼈를 드러낸 채 손을 내민다
아버지의 아버지의 아버지의 얼굴이 생각나지 않아
자장가 같은 노래를 부른다
구름을 그릇에 담아 뭉개진 음성
ㄱ 너머에는 ㄱ을 닮은 기억이 살지만
ㅎ을 닮아 버린 음악은 흐릿하게 퍼져
휘어진 선을 긋는다
사선에서 살아 움직이는 무덤
곡선이 흥겨운 가락으로 최후의 춤을 춘다

/ / / / / / / / / / / /
\ \ \ \ \ \ \ \ \ \ \ \
교차하는 선에서 죽은 아버지의 아버지의 아버지의
얼굴이 웃는다 해골이 부서져 흙으로 흘러내리고
모래 무덤에 빠진 개미가 허우적거린다
개같은 날들에게 제사를 지내고

죽은 자는 돌아오지 않는다고
손가락 사이로 사이렌이
서글픈 음악을 안개같이 흘려보낸다
××××××××××××××
역사의 교차점에서 울려 퍼지는 곡성
아버지는 해골을 향해 절을 하고
어렴풋한 기억을 뒤집어 기록을 더한다
±±±±±±±±±±±±±±

혈관에는 기억하지 못한 일기들
~ ~ ~ ~ ~ ~ ~ ~ ~ ~ ~ ~ ~
물결치는 핏물, 빗물을 받아
씻기지 않는 죄를 원망해 본다
부서진 정강이가 어긋난 채로 거리를 걸어 본다
( ) 안에 넣어야 할 것이
너무 많아 ( )를 닫는다
닫힌 문에서 집으로 들어가지 못한 아이가
이를 갈며 잇몸에서 흘러내린 피를 토한다

역사를 거꾸로 거머쥔 까마귀가
사이렌보다 서글프게 운다
까맣게 물든 밤이 친절하게 웃는다
/ / / / / / / / / / / /
\ \ \ \ \ \ \ \ \ \ \ \

사선을 교차하며 죽지 않고 유배된
해골이 부서진 정강이를 손에 들고
쩔뚝이며 걸어온다
● ●● ●●● ●●●●
드문드문 외로운 발자국이
○ ○○ ○○○ ○○○○
외로운 발로 걷는다
짝을 잃은 것들이
잃어버린 것도 잃어버린 채
잃어버린 것을 찾는다
오래된 과거가 갈색 해골을
뒤집어쓰고 목발을 짚고 걷는다

거울에 비친 해골이 나를 닮아
서글픈 하루, 그어지는 비가
하늘에 닿아 떨어지지 않는다
○●○●○●○●○●○●
별이 바람보다 차게 흔들려
별빛마저 정강이를 걷어 올리고
은하수를 건넌다
부서진 별들이 혈관을 맴돌고
낡은 피가 손목에 고여 문을 잠근다
( ) 안에 고인 눈물이 흘러

~ ~ ~ ~ ~ ~ ~ ~ ~

파도처럼 부서진다

해적선

먼바다를 떠돌다 온 남자는 말이 없었다
풍랑처럼 고요하게 울리는 숨소리
가슴에 난 구멍 ○
머리에 난 구멍 ●
허벅지를 관통한 구멍

  ⬭

구멍에는 시간을 간직한 파도가 흘러나왔다
풍속을 이기지 못할 때면 더 커지는 구멍 ○●
가슴과 머리가 모래알처럼 수다를 떨 때면
남자는 자지러지듯 기침을 토하고
바다는 파도를 뱉어내었다

허벅지에 숨겨 둔 추억이 고름처럼 흐르는 날도
고름의 농도를 따라 깊어지는 기억
떠오르지 않는 기억이 부풀어 올라 풍선같이 터졌다

그래도 남자는 울지 않는다고

눈에 난 두 개의 구멍을 꽉 틀어막았다 ◎◎
막아도 진하게 흘러내리는 추억
기억은 부서지는 파도처럼 흩어지고
가느다란 바늘이 허벅지를 돌아
발목을 감았다
경기를 일으키기에 너무 먼 바다
눈 감으면 눈꺼풀 위로 거센 파도가 휘몰아쳤다

구멍에 넣어 두어야 할 기록일지가 너무 많아
구멍은 점점 커졌고
○●○●○●○○●●○●
기록은 머리를 관통해 기억에 닿았다
죽지 않고 살아남은 동료들은 해적이라는
오명을 쓰고 깊은 바다로 가라앉았다

살아남은 자가 할 수 있는 것은 기록하는 일
해적이라 오인된 동료를 위해
일지로 구멍을 가득 채웠다

하지만 혼자서는 감당할 수 없는

원기둥을 따라 어둠을 밝히려
흘러내리는 고름에 불을 붙였다
활활 타오르다가 멎어 버리는
풍랑같이 고요한 적 없는 구멍
구멍에서는 기록이 없는 아이가 태어나고
아이는 붉은 줄을 그으며 감옥의 습도를
견디려 발버둥 치다 죽었다

해적이 아니라고 파도처럼 울어도 나오지 않는 목
소리
반짝이는 모래 빛처럼 반짝이며 쏟아지는 탄알
남자는 ○●에서 기억을 흘리고

똬리를 튼 슬픔이 소리도 없이 부딪혔다

기억을 견디지 못해
고름처럼 부서지는 파도
기억되지 못한 사건이 구멍으로 흘려내렸다

매일 새싹 같은 악몽이 돋아

가위가 몸을 자르려고 달려든다
손끝마저 움직일 수 없는 밤
가위에서 깨기 위해서는
작은
손가락들이 필요하다

너무 작아 작은 바람에도 흔들리는 마디
검지는 검게 물든 마디를 굽히고
나뭇가지처럼 부러진다
부러진 자리를 지나 훤히 보이는
풍경
흔들리는 경치가 몸을 짓누르면
가녀린 마디는 휘어지는 손가락이 필요하다
싹둑
잘라 버릴 꿈이 바람의 무늬처럼 필요하다
꿈결에 새겨 넣을 바람의 문신 같은
날이 선 손가락
잘려 나간 마디에서 악몽의 의미가 자란다

꿈속에는 손가락이 너무 많다
왼손을 움직이면 오른손이
두꺼운 손톱을 가위로 자른다
잘라내려 했지만 부서진
매듭
하지 못한 말들이
풍경의 뒷길같이 흔들린다

어린 시절 훔친 가위 하나가
색종이를 자르듯 손가락을 자른다
가지치기한 사과나무처럼
사라진 가지에 꽃이 피면
울지 않겠다고 매달렸던
엄마의 허벅지가 생각난다
날카로운 가위가 허벅지를 찌른다

분명 사방으로 피가 튀었는데

젖은 이불은 없고 촉촉한 베개가
눈의 위치를 헤아린다
서서히 시작되는
악몽
손톱이 자라 꽃이 피고 심장이 꽃을 삼킨다
꽃잎이 허물어져야 흩어져 버릴
꿈
흐트러진 이불이 땀에 젖어 흐드러지게 핀다
심장에서 가장 먼 곳부터 시작되는
기억하고 싶지 않은 날들
무서운 희망이 휘몰아치는 바람처럼 소용돌이친다

겨우 풀려났지만 너무 깊어 바람 소리마저 울리는
잠
깨어나면 팔을 자르는 가위
놀라서 울 때면 다리를 자르는 가위
잠에서 깨어 흥건히 젖은 이마를 닦아도
깨어나지 못하는 꿈속이다

꿈속에서 꾸는
긴 꿈
시커먼 팔이 몸을 끌어안고
얼굴 없는 영혼처럼 소용돌이친다

몸이 뜨겁게 끓어 속삭이는
사랑
날을 간 가위가 잘려 나간 팔에게 악수를 청하고
끊어진 다리가 가위의 손잡이처럼
발자국을 교차하며 걷는다

깨어나고 싶다고 외친 몇 개의
욕
깨어지지 않는 가위처럼 날카롭도록 시린 날
뾰족한 날이 날이 새도록 피었다 진다
엄마의 무덤 위에 자라는 잡초처럼
손끝을 찌르고 고통은 발끝에서부터 시작된다

고개를 숙이고 곡을 하던 시간
곡소리가 꿈과 함께 속삭인다
식은땀을 흘리며 일어나는
새벽
악몽을 꾸었다고 말하려다
홀로 깨어난 새벽을 지우려 커피를 내린다

잠이 더 들면 가위는 더 날카롭게 자랄 것이라는
생각을 하며 일회용 커피 스틱의 모서리를 자른다
손가락이 잘려 나가는 꿈에서
죽은 엄마를 위해 얼마를 울었던가
커피를 내리며 얼굴에 내렸던
눈물에 대한 기억을 더듬어 보지만
삼일장이 끝나고 무덤을 다지면서도
눈물을 흘리지 않았다는 사실이 떠오른다
더럽게도 즐거운 이별이었다고
날이 선 가위로 손끝을
찌른다

핏방울이 맺히고 핏방울에 비친
얼굴이 엄마를 닮아 놀란다

동이 트고 이제 진짜 일어나야 할
시간
오늘 치의 악몽은 내일 치의 꿈이다

그로테스크

긴 성냥에 불을 붙인다
황이 타들어 가는 불빛에
오래 묵은 과거가 쾌쾌하게 올라온다

성냥팔이 소녀는 선량한 사람들에게
황 냄새 그득한 불꽃을 팔려고 한다

몇 마리의 펭귄이 짧은 다리로 소녀를 걷어찬다

복부로 강한 통증이 통과하고
내장이 똬리를 틀어 통증의 근원을 향해 혀를 날름
거린다
혀끝에 달린 코에서 펭귄을 닮은 것들이
발자국마다 남긴 악취를 피해 음습한 곳으로 스며
든다

양말에 구멍이 난 소녀가 양발에 찢어진 신발을 신고
찢어지게 가난한 성냥처럼 탄다

짓이겨진 창문 너머의 팬케이크처럼 탄다
팬케이크가 창문에 붙어 흘러내린다
단지 메이플 시럽이 없다고 던져진 팬케이크가 찌그
러진 채
불쌍한 얼굴로 창밖을 보고 있다
소녀는 버려진 팬케이크의
한 덩이라도 먹고 싶어 성냥에 불을 붙인다
그러니까 소녀는 찡그린 얼굴의 팬케이크처럼
부서져 죽고 소녀가 죽은 자리에 타다 만 몇 개의 그
을음이
장작처럼 쌓여 허물어진다

화상을 입은 손이 동상에 걸린 소녀가 죽었다는 소
식을 읽으며
펭귄을 닮은 신사가 빵의 귀퉁이가 탔다고
커피가 에티오피아산이 아니라고 아침상을 신문으
로 엎어 버린다
베트남에서 커피나무에 올라갔던 소년이 떨어져 즉

사했지만
　　신문에는 단 한 줄의 기사도 없다

　　펭귄은 아침을 다시 만드는 여자의 엉덩이를 툭툭
치며
　　미안하다고 말한다 여자는 참새처럼 조잘거리던 시
절을
　　스치듯 지나치며 남자의 거친 손의 감촉에 커피 잔
을 흔든다
　　집에는 에티오피아가 어디인지 베트남이 어디인지
모르는
　　어린 소녀가 엄마를 기다리며 울고 있기에 주둥이를
여며 매고
　　조심스레 토스트를 굽는다

　　빵 굽는 향기에 성냥팔이 소녀가 창문에 붙어
　　성냥에 불을 붙인다 황이 타오르는 냄새에 취해
　　소녀는 웃다 울다 잠든다

눈이 내리고 있는 아침이었고
찢어진 옷 사이로 눈송이가 차오르는 겨울이었다

펭귄이 세단을 타고 시동을 건다
커피가 너무 써 또 잔을 던져 버렸기에
여자는 깨어진 커피 잔을 치우고 있다
성냥팔이 소녀의 죽음을 목격한 여자는
커피 잔을 치우고 방을 청소한다
봄이나 되어야 소녀의 사체가 녹을 것이고
신문의 한 귀퉁이에 가엾은 소녀에 대한
기억이 기록될 수 있을 것이다
그러면 펭귄들이 불쌍한 사람들을 위해 돈을 모으
자고
깨진 커피 잔처럼 쨍그랑거리며
소녀가 살았다는 보육원에 기부하고 사진을 찍을 것
이다

펭귄이 세단을 출발시킨다

근사한 저녁 식사가 예약되어 있고
와인은 최고급으로 준비해 두었다
행여 웨이터가 와인의 산미를 올리기 위해 미리
코르크를 열고 다른 병에 담아 두지 않았다면
지배인의 머리에 와인병을 깨 버릴 것이다
세단의 배기통에서 황이 분출되어
죽은 소녀 위로 쌓인다
희뿌연 저녁이 겨울같이 온다

날개깃이 없는 천사가 남긴 신의 시

날개가 위를 향해 하강한다. 기류에 몸을 맡기고 활짝 편 날개깃, 어깻죽지 밑에서 노란 개나리가 피었다 진다. 피었다 진 것들은 구겨진 종이 인형, 누나는 인형의 옷을 갈아입히고, 종이로 만든 원피스를 몸에 걸친 채 거리로 나섰다.

밖은 장마였어요. 구름은 계속 지상으로 상승하고 고기압에서 흘러나오는 바람에 창백한 얼굴의 누나가 저혈압 진단을 받았어요. 거리에는 장미가 피어 있었죠. 붉은 장마가 꽃잎을 떨구었어요. 물에 젖어 옷이 찢어진 누나는 알몸으로 습지를 건너 집에 도착했죠. 감기에 걸려 이틀을 앓고, 긴 투병을 시작했어요.

뇌종양입니다. 감정을 담당하는 변연계가 뇌 속을 기어다니는 벌레에 잠식당한 것만 같은 의사가 수분이 빠진 장미꽃 같은 목소리로 누나의 병을 진단합니다. 느끼는 뇌가 꿈틀거리며 뇌하수체에 홍수 같은 감정을 쌓아올립니다. 감감무소식인 진단서가 바람에 날려 창문에 부딪히고 누나는 진단서를 가위로 오려 얼룩이 진 드레스를 만들고 창백해진 어깨에 걸친 채 비 내리는 창밖을 바라봅니다.

종양의 크기가 커질수록 의식의 저편을 건너 무덤을 파헤치는 짐승의 발톱, 누나의 거친 숨소리가 시들어 가고, 장마는 그치지 않습니다. 수술하기 너무 위험한 부위에 종양이 자리를 잡았군요. 수술을 감당할 수 있는 의사는 없을 것 같아요. 그럼 누나를 살릴 의사가 미국에 있나요? 아니면 영국? 독일? 어디에 있나요? 아마도 없을 겁니다. 멀리서 기차가 희미한 미등을 켜고 기적 소리를 내며 스쳐 갑니다. 비에 젖어 구멍이 난 종이 드레스를 입은 누나가 간이역에 앉아 비보다 세차게 눈물을 흘립니다. 간이역을 지나치는 기적 소리가 점점 멀어집니다.

죽으면 새가 되어 다시 태어나고 싶어. 누나는 구겨진 종이를 말리며 커져 버린 종양의 크기처럼 마지막 힘을

쥐어짜 말합니다. 어깻죽지로 죽지 않은 깃털이 자라 날개의 모양을 그리고, 날개깃은 구름처럼 무겁게 내려앉습니다. 젖지 않는 몸을 그리워하며 체온 같은 물에 몸을 맡깁니다. 수면을 떠내려가 영혼이 쌓인다는 언덕에 기억을 쌓아 올려 봅니다. 수면제 없이 진통을 견디기 힘든 밤, 기억이 거세진 강물처럼 거칠게 뇌하수체에 쌓입니다. 누나가 새가 되었으면 좋겠다고 기적 소리도 없이 지나치는 간이역에 앉아 퇴화한 날개깃에 퇴적물 같은 기억을 쌓아 봅니다. 누나의 무덤이 오래된 지층처럼 발굴되고 날개의 흔적을 가진 사람이 살았다는 소식이 장마를 견딘 장미처럼 활짝 핍니다. 쓰지 못한 시가 비가 되어 흘러 누나가 잠든 언덕에 모입니다. 기억하기 좋은 날들이 사라진 날개깃같이 꿈틀거립니다.

물푸레나무가 물에 잠긴 날

오래전 떠난
당신의 허벅지를 기억합니다.
살이 가득 오른 허벅지에는
물푸레나무가 자랐습니다.

창백한 그늘에는
유년의 기억이 모여 살았습니다.
철없는 아이들은
엉겅퀴 가시처럼 허벅지를 할퀴고
상처에는 물갈퀴가 자랐습니다.

그때부터 먼바다에 대한 그리움이
알 수 없는 헤어짐이 자랐습니다.
턱 밑으로 수염이 자라기 시작한
소년들은 유년의 기억을 지우러
물푸레나무로 모여들고
물푸레나무의 허벅지에는
이름 모를 꽃들이 피었습니다.

소년들이 떠난 후
소녀들의 허벅지에는
파란 멍이 물들었고
하구에는 멍을 잉태한 소녀들이
부표처럼 떠다녔습니다.

어디에도 퍼지지 않는 소문이
무서운 속도로 퍼져
소곤거리는 소란만 파란 멍을 위로하는
물푸레나무가 물에 잠긴 날,
물은 파랗게 멍이 들고
소녀들은 울음의 흔적을 지우려
휘청이는 나무에 매달려 떠난 소년들이 두고 간
차마 잊지 못할 기록을
하나씩 이파리에 새겼습니다.

기린처럼 목이 길었던 장마

I.

너덜너덜해진 바닥에서 우산 벌레의 유충처럼 곰팡이가 피었다. 비가 왔으면 좋겠다고 장화를 꺼내다 지난 장마에 잃어버린 장화가 떠올랐다. 장화는 기린이 되어 초원을 뛰어다니고 있을 것이다. 애초에 주인이 없는 무기명의 투표처럼 무기수가 되어 초원을 떠돌고 있을 것이다. 강에 목을 축이고 긴 나뭇가지의 잎을 구멍 가득 담으며, 장화는 서서히 죽어 가고 있을 것이다. 서리가 없는 곳에서 스스럼없이 쓰러진 새끼를 핥아 주며 하이에나의 습격을 피해 도망쳐야 하는 서글픈 눈동자를 긴 비같이 흘리고 있을 것이다. 죽은 새끼의 연한 살을 연거푸 뜯어 먹는 날카로운 이를 보며 잊어버린 과거를 몇 개 기억하고 있을 것이다. 떠난 모든 것들에게 기약 없는 기록을 기억조차 못 하도록 높은 가지에 새겨 두고 울고 있을 것이다.

II.

비 오는 날의 그림일기에는 핏자국이 몇 개 묻어 있

었다. 과로로 쏟은 코피라고 스스로 어깨를 두드렸지만, 자해의 흔적은 시뻘건 괴물처럼 날카로운 이를 드러내고 있었다. 몇 개의 병을 자백하라고 강요하던 일기장, 오래 살지 않기 위해 낡은 일기장을 몇 번 접었다. 흔적들은 목을 축이든 강물처럼 흘러 시든 꽃이 잠든 화병에 닿았다. 엄마는 화병으로 쓰러져 일어나지 못했다. 내 모든 병의 원인은 오래된 유전의 흔적이라며 엄마는 영영 일어나지 않았다. 눈꺼풀에 살을 찌우고 나는 이 층 창문 안으로 고개를 내민 기린에게 병에 대한 고백을 고민도 없이 흘려보냈다.

Ⅲ.

우울증에 걸렸습니다. 죽은 새끼를 핥듯 항상 애타게 자해를 기다립니다. 황반변성에 걸렸습니다. 개기일식처럼 눈동자를 서서히 점령하는 검은 점이 주위를 맴도는 하이에나들처럼 포위망을 좁혀 옵니다. 통풍이 심해지는 날이면 무릎도 손가락도 뽑아 버리고 싶습니다. 살아 움직이는 죽은 것들에게 경의를 표하던 잔인함, 지렁이

를 조각내고 늘어나는 숫자에 쾌감을 느끼던 어린 날의
죄가 산낙지처럼 입 속에서 퍼덕입니다. 입천장에 붙은
혓바닥이 땅에 닿아 긴 터널을 만듭니다. 아주 오래된
울음이 긴 목을 통과하지 못해 가슴에 음지를 새깁니
다. 그늘에 숨어 날카로운 이들의 습격을 피해 보려 발
버둥 치는 비 내리는 날, 몇 개의 병들이 경쾌한 소리를
지르며 깨어집니다.

2부

무서운 날들의 연속이에요

시시콜콜한 ☆☆ 이야기를 써서 주머니에 넣어 두었다

구질구질한 이야기를 시로 썼습니다
폐차장에 버려진 폐타이어처럼
공기가 없는 시를,
시가 되지 못하고
시시하게 버려질 시를,
시의적절하게 절절 끓는 방에서
살을 익히며 구구절절 썼습니다

☆이 스친다 썼다
☆을 지웠습니다
☆일 아니라는 듯
☆ 볼 일 없는 사람처럼
☆수 없어 ☆ 하나를 썼다 지웠습니다
세상에는 ☆☆ 일이 다 있는데
죽어 가는 아버지에게 전화를 하다
없는 ☆이 밝다고 ☆똥☆처럼 떨어지며 말했습니다
☆이 없어 ☆이 밝다고 ☆을 보지 못하는 병실에
☆의☆ 소문이 다 돌도록 ☆이 그려진 바지를 입고

총총히 박힌 걸음을 걸었습니다
눈물이 ☆똥☆을 따라 그려집니다
거짓말 없이는 ☆ 볼 일 없는 밤,
구름에 가려 빛을 잃은 ☆이 유난히 시립니다
주머니에 손을 넣고 바지에 걸린 ☆을
만지작거리다 다리가 부서진 의자에
깊숙이 몸을 기대고 앉았습니다.

"병원은 환자만 오는 곳이라고 하더군요. 환자가 아니
지만 병원 의자에 가만히 앉아 보았어요. 환자들은 환
자가 아닌 나를 이상한 눈초리로 바라보더군요. 같은 환
자라고 말하려다 병명을 들키면 침대에 묶여 잠들지 못
하는 밤이 올까 아무 말도 하지 않았어요. 그래도 의사
는 얼굴빛이 어색하다고 낡은 책상처럼 딱딱하게 말하
더군요. 바게트처럼 부서지는 말들을 말랑말랑한 힘으
로 요리해 보라고 배를 내밀었죠. 메스의 차가운 감촉이
별빛같이 반짝이더군요. 배에서는 낡은 플라스틱이 귀
퉁이가 깨어져 걸어 나오고, 조각난 유리병이 소장에 걸

려 껄껄 웃고 있더군요. 융털에 난 흉터가 육수처럼 알맞
게 익으면 의사는 몇 개의 기억을 넣은 채 배를 닫겠죠.
이제 인정할 수밖에 없기에 환자복을 입었어요. 환자복
이 잘 어울린다고 손발이 묶인 괴성들이 인사를 하더군
요."

구질구질한 이야기를 시같이 써 봤습니다
침대에 걸린 책을 혓바닥으로 넘길 때면
별똥별같이 쏟아지는 음성들
이런 뭣 같은 알베르 카뮈
페스트처럼 퍼지는 병명들,
시답지 않은 획들이
시가 되려고 시시한 노력을 했습니다

말랑하게 익힌 살들이
쫄깃한 획들이
환자복을 갈아입고 있었습니다
허리가 굽은 의사가 목에 줄을 걸고

손, 발, 앉아, 기다려 오래된 바게트처럼
부서지기 쉬운 어투로 진찰을 했습니다

목이 꺾인 죽음처럼 덜렁이는 이방인들이
환자복을 입지 않은 이방인들을
이상한 눈초리로 바라보았습니다
반항하던 내가 방황하는 나를 위해
시시한 농담을 하자
진한 욕이 시가 되려고 발버둥 쳤습니다
욕 같은 시를 구구절절 받아 적으며
쩔쩔매는 평범한 이방인들
페스트가 뭣같이 퍼져 별빛을 피로 적셨습니다

꾸깃꾸깃해진 종이에 한 구절씩 받아 적은
끝내지 못한 욕들
주머니에서 깨어나지 못한 시가
별빛처럼 부서져 구멍 난 틈으로 쏟아졌습니다
없는 별이 반짝인다고 거짓말을 해야만 했던

조각난 밤을 이어 붙여 죽지 않은 내일을
끄집어내고 싶던, 시시콜콜한 날들이었습니다

브루누* 공화국

희미한 협죽도**의 그늘
어린 우리가 비명을 지르던 곳
나무가 되겠다던 약속이 붉은사슴뿔버섯***의 포자
처럼
서로의 허벅지를 깨물던 곳
선명한 잇자국에서 네펜데스****의 포충낭 같은 비밀이
벌겋게 달아올라 꿈틀거리며 자라던 곳
수심을 알 수 없는 호수에 발목을 맡기고
금잔화의 꽃말처럼 고여 들던 곳

우리는 서로의 귀를 물어뜯으며 자랐죠
좁은 우리 속 토끼 같은 날들
지난밤 당신이 덮고 잔 하얀 털 뭉치는
오래전 뿌려 놓은 나의 무덤
발바닥까지 새까만 개에게 물려 흘린 핏자국을 따라
발톱이 닳아 없어질 때까지 판 구멍들을 따라
투구꽃***** 같은 소음이 독나방처럼 몰려들었죠
하지만 토끼였기에 소리를 지를 수 없던 날들

내가 키운 토끼의 이름은 모두 브루누였죠

* 포르투갈어로 음침한, 어스름한, 어두운, 불행함을 뜻하는 형용
사이다.

** 잎과 꽃, 껍질을 약으로 사용하나 맹독을 가지고 있다.

*** 섭취하면 오한, 복통, 마비, 설사, 피부괴사 등을 일으킨다. 심
하면 장기부전, 뇌장애, 사망에 이르기도 한다.

**** 대표적인 식충식물로 통 속으로 벌레를 유인해 소화 흡수한다.

***** 뿌리에 강한 독을 가지고 있다.

그림자를 갈아입어요

오늘은 어떤 그림자를 입을까요
오후에는 비가 온다니
지난겨울 눈 속에 묻어 둔
낡은 회백색의 그림자를 입을까요
아니면 당신을 만날지도 모른다는 설렘에
먼바다를 헤매는 갈치같이
은회색의 그림자를 준비해 볼까요
그건 잿빛 하늘처럼 너무 지겨울지 모르니
늙은 늑대의 송곳니같이 구름 한편에 고이 접어 둔
적회색의 그림자를 입을까요

어두운 빛이 떠도는 거리를 배회하다
썩은 사과를 베어 문 생쥐처럼
암회색의 그림자를 입고
없는 당신을 찾아볼까요
진회색의 그림자들이 가로등을 등지고 걸어가면
길게 늘어진 기억은 옅어지고 멀어지죠
희미해지는 그림자에서

농회색 고양이의 울음소리가 태어나면
남겨진 올빼미의 눈은
녹회색의 그림자를 따라 허기진 그리움을 달래죠

낮게 깔린 하늘은 언제나 잿빛
지친 그림자마저 잃어버리면
영원히 잃어버릴까
회갈색의 가을같이 길어지는 그림자만
힘겹게 쥐고 걷죠
희미해지는 그림자를 갈아입고
회청색의 저녁을 홀로 걷죠

사자

엄마는 내가 일찍 죽을 거라 생각했다. 밤낮없이 쏟아 놓은 흔적을 지울 때면 늙은 배롱나무 껍질처럼 생이 떨어져 나가는 것도 같았지만 죽음의 흔적을 지우는 일은 엄마를 찾는 나의 울음인 듯 익숙해졌다. 새벽마다 엄마는 익숙하지 않은 모성애로 나를 흔들어 보았다. 나는 때론 늙은 할아버지의 숨결처럼 거칠었고, 생고기를 잘라 입에 넣어 주던 아버지의 손처럼 눅눅했다. 주방에서 끓고 있던 뱀의 비명은 새벽까지 산속을 헤매던 아버지의 발자국처럼 주위를 맴돌았고, 자라의 등에서 나온 다섯 개의 목은 밤새도록 꿈틀거리며 방바닥을 기어다녔다. 약값이 없어요. 아, 차라리 다 같이 죽어 버릴까. 두런두런 바람이 들려주는 속삭임이 자장가처럼 울리는 밤이면 떨어진 배롱나무 껍질을 주워 달여 먹던 흔적, 흔적은 삶아도 씹히지 않는 껍질처럼 지워지지 않았다. 지겹도록 끈질긴 죽음에 대한 유혹이 방 안을 떠돌 때면 나는 사자의 입 속으로 머리를 집어넣는 상상을 했다. 마치 스스로 생을 끝내려 줄기의 손을 놓아 버린 배롱나무 껍질처럼 잘근잘근 부서진 두개골, 아버지는 아직 자라지 않은 부성애에 젖꼭지를 물리고 일찍이 얼어 죽은 겨울에 대해 중얼거렸다. 창틈을 파고드는 바람 같은 중얼거림. 나는 거미줄에 매달린 채 조그만 숨소리에도 위태롭게 흔들거렸고, 방에는 덜 자란 송곳니 사이로 입맛을 다시던 사자가 커다란 입을 벌린 채 졸고 있었다. 극심한 두통에 지쳐 태어나지 않은 아이의 눈물처럼 흘러내리던 밤, 죽음이 문턱을 돌아 땅거미처럼 스며들고 이승을 떠나지 못한 사자가 나에게 손짓하던, 배롱나무의 상처에 대해서는 모두가 침묵하던 지겹도록 무서운 밤, 엄마는 내가 일찍 죽을 거라 생각했고, 껍질을 토해낸 배롱나무는 지루한 겨울을 견딘 손같이 시들어 버렸다.

어두운 곳에서 엄마가 지른 비명처럼
똬리를 틀고 있던 죽음이 엄습할 때가 있다
너에게 남길 유언은 우울증
앙상한 가지에는 아직도 혈흔이 흐른다

엄마 대체 왜 그러셨나요
왜 태어나지 못한 아이들의 목을 조르셨나요
혈흔을 찍어 써 내려간 유서처럼
손가락 사이에 흘러내린 붉은 자음들을
소리도 없이 삼키고 샐비어꽃처럼
가늘게 흩어질 모음들을 토하셨나요

핏빛으로 떠올라 흔들리던 바다
바다의 무릎을 볼 때면
파도를 열고 머리를 쑤셔 넣고 싶었다
엄마의 자궁처럼 열린 파도의 분말을
분유인 듯 머금고 태어나기 전의 자세로
오래된 잠에 들고 싶었다

엄마 무섭고도 무거운 밤이에요
늑대의 울음 같은 무리들이
무서운 속도로 몰려와요
오른쪽 팔을 내어 주었지만
왼쪽 팔도 먹지 못해 징그러운 비명을
오래전 떠난 오른쪽들처럼 흘려요
솔직히 말해야 한다면 거짓말같이
내려앉은 하루가 너무 무서워요

검은 방에서 점처럼 커져 가는 어둠
갈증 같은 촛농이 흘러 강에 닿으면
검은 깃발을 흔들 수 있는 걸까요
밤이면 캄캄한 방 안에
조그만 점을 찍어 놓고 엄마가 남긴 눈물처럼
서서히 커져 가는 비명이길 가만히 서서 바라보죠
오래전 잃어버린 검은 깃발을 흔들면
어두운 방 안에 서린 두려움들이

구원받을 수 있는 걸까요
원하는 구원은 이제 대답 없는 동굴 속
낯설고 날이 선 맥없는 메아리,
솔직히 말하면 거짓말같이
무서운 날들의 연속이에요

*宮(궁)의 갑골문자, 최초의 글자들은 조금씩 잊혀 갔다.

후앙과 팜의 저녁들, 그리고 그리운 쩐들

팜이 멀리서 걸어올 때 후앙은 늙은 고양이의 울음처럼 앉아 있었죠. 후앙은 절뚝이는 팜의 다리를 보며 일용직 노동자의 허름한 안전화처럼 안전하지 못한 안부를 물을까 서둘러 자리를 피하고 싶었죠. 하지만 낡아버린 무릎은 지난겨울 죽은 노파의 한숨처럼 더디게 삐걱거렸고, 지친 어깨는 낡은 허기처럼 이내 으스러질 것만 같았죠.

버려진 폐비닐처럼 작은 바람에도 쉽게 흔들리며 다가온 팜은 나뭇가지에 걸린 듯 가녀린 팔과 다리를 나풀거렸죠. "쩐이 죽었어." 팜은 찢어진 비닐의 귀퉁이처럼 무심한 듯 말했고, "어제도 말했잖아." 후앙은 비닐을 주워 담는 청소부의 굽은 허리인 듯 익숙하게 대답했죠.

"그 쩐 말고, 왼쪽 눈 밑에 상처가 있는 쩐 말이야. 얼마 전 포클레인에 깔려 오른쪽을 잃어버린 그 쩐 말이야. 없는 오른쪽을 찾는다고 그렇게 거리를 떠돌더니 결국에는 왼쪽까지 완전히 잃어버렸지." 팜은 아주 잠깐이지만 지난밤 죽은 쩐이 아닌 오늘 밤 죽은 쩐을 애도하는 듯 눈을 감았죠. 후앙도 잠깐 눈을 감았지만, 쩐들의 죽음을 애도하기에는 너무나 배가 고팠죠. 긴 동굴을 통과하듯 허기로 가득한 아우성들이 새끼 고양이의 울음처럼 몸속을 기어다녔고 울음이 도착한 곳마다 끊어질 듯 끊어지지 않는 통증이 길고양이의 발걸음같이 찾아들었죠. 후앙은 서서히 스며드는 고통의 깊이를 가늠하며 배고픔보다 더 깊은 곳에는 사람에 대한 허기가 살고 있을지 모른다는 생각이 들었죠.

"이봐, 팜 오늘 저녁도 굶었나?" 후앙은 죽은 노파의 다정했던 음성보다 더 나긋한 목소리로 물었죠. "말도 마. 오랜만에 반이나 남은 생선 대가리를 발견했는데 교활한 살쾡이들에게 또 빼앗겨 버렸지 뭐야. 미친 것처럼 침을 질질 흘리며 달려드는데 짖지도 못하겠더군." 팜은 마치 라디오에서 흘러나오는 일기예보처럼 말했고, 후앙은 잃어버린 것들의 목록을 떠올리려다 그만두었죠. 또 다른 쩐을 목록에 넣어야 할까 그만두었죠.

"이봐 팜, 내일 우리는 또 어떤 쩐을 잃어버릴까?" 후앙은 귀퉁이가 떨어진 안전제일 현수막처럼 아슬아슬 나부끼며 물었고, "내일은 쩐이 아닐지도 몰라. 자네나나 우리 중 하나일지도 모르지." 팜은 한 치수나 큰 안전 모처럼 삐걱거리며 대답했죠. 안전하다는 거짓말은 언제나 안전하지 않았고, 후앙과 팜은 이 시간이 되면 잃어버린 모든 것들이 배고픔에 지쳐 울지도 모른다는 생각에 무덤 같은 노을로 잃어버린 저녁을 차렸죠.

삐뚤어지는 중입니다

쌓여 가는 죽음을 기다리며 지금은 삐뚤어지는 중입니다

먼 곳에서 온 부고는 지쳐 잠이 들고 닿지 못한 고백은 선잠에서 깨어 흐느낍니다

긴 밤 우리는 몇 번의 공중을 걷다 위태로운 단어들의 추락을 보았습니다

아래로 그려지는 눈물의 행렬과 발자국을 따라 휘청이는 음성

핏줄을 따라 맴도는 서늘한 감촉이 손끝에서 피어 향기로 지면

입 속에서는 일찍 도착한 부고들이 식어 버린 울음으로 허기를 달랩니다

밤은 닿지 못한 감각들이 검게 물들어 가는 시간

아직 끝나지 않은 이별들이 무서운 속도로 쏟아집니다

얼마나 많은 조각을 잘라야 먼 곳에서부터 지쳐 간 죽음을 위로할 수 있는 걸까요

얼마나 많은 조각을 꿰매야 가까운 곳에서부터 잊힌 이별이 위로를 받을 수 있는 걸까요

예고된 적도 없이 사라진 사람들을 독백처럼 떠올리며 지금은 삐뚤어지는 중입니다

이제는 닿을 수 없는 어깨 너머로 조금씩 삐뚤어지는 중입니다

물방울(💧💧💧)과 눈물(🌑🌑)

우울증 약을 장복하면 좋지 않아요
💧💧💧처럼 속삭이는 병명
길을 걷다 쏟아지는 🌑🌑을 참지 못해
주저앉아 울어 버렸다

원인이 무엇인가요? 왜 그런지 알 수 있나요? 쓸데없
는 질문이지만 💧💧💧처럼 쏟아지고 🌑🌑처럼 토해내
는 궁금증, 울지 않으려 노력해도 🌑🌑이 흐릅니다. 왜
우냐고 물으신다면 그냥입니다. 그냥이 슬퍼서 그냥 흘
러내리는 💧💧💧입니다.

그냥은 참 슬픈 단어, 가만히 적어 놓아도 🌑🌑에 퍼
진 글자를 흔들어 보아도 얼어 버린 수도꼭지처럼 터져
흘러내리는 멈추지 않는 증상들, 그냥이라 적어 놓고 그
냥 웁니다. 이게 우울증이라면 전 *그냥증*에 걸린 환자
입니다. 왜냐하면 세상은 그냥 말없이도 슬프기 때문입
니다.

🌧🌧🌧 처럼 쏟아지는 건 💧💧만이 아닙니다. 상승기류를 만난 공기도 그냥 슬퍼서 웁니다. 산을 타고 올라간 구름도 정상에 닿아 그냥 웁니다. 우는 모습이 처마에 걸려 떨어지는 간격, 간격의 온도를 세다 🌧🌧🌧이 흘러내리는 각도에 대해 생각해 봅니다. 커졌다 작아졌다 각도는 그냥 슬픈 죄와 닮았습니다. 정삼각형이 버려진 이등변 삼각형에게 피타고라스의 정리를 외우도록 시킵니다. 외우지 못한 각도들은 그냥 💧💧을 흘립니다. 정삼각형은 정답이 아니라고 🌧🌧🌧 같은 파문을 일으키지만 파문당한 💧💧이 죄를 닮아 설화는 잊혀 버린 짐승의 울음처럼 기둥이 큰 나무를 돌고 돌아 메아리칩니다.

그냥은 그냥 슬픈 것, 그냥 슬퍼서 걸린 병이 우울증이라면 전 그냥 우울증에 걸린 환자입니다. 💧💧을 흘려보내야 하는 자리에 🌧🌧🌧을 채우고 손등을 어루만집니다. 참 오랜 그냥이 그냥 서서 울고 있습니다. *그냥 증*에 걸린 내가 숨겨진 고양이의 발톱처럼 🌧🌧🌧을 감추면 💧💧은 죄의 근원을 파헤칩니다. 다 닳아 버린 손톱을 깎지 않고 그냥 둡니다. *그냥증*이 그냥 하염없이 부는 바람처럼 뺨을 스치고 지나갑니다. ●●이 만든 자국을 따라 거센 𝄞𝄞𝄞이 바닥에 부딪혀 깨어집니다. 깨지는 것들이 서글퍼 땅으로 스민 𝄞𝄞𝄞을 ●●로 파헤쳐 봅니다. 그냥 해가 저 멀리서 저물고 있습니다.

■■ ■■ ■■ ■■ ■

시간을 거꾸로 돌리자 어깨가 흘러내렸다
살바도르는 살갗이 흘러 두 눈에 큰 구멍을 그렸다
막대사탕으로 막대한 돈을 번 충치가
흔들리며 구름에 성호를 그었다

성부, 성자, 성령의 이름으로 덧셈을 하니
이가 빠진 돈키호테가 풍차에 창을 들고 달려들었다
창끝에는 달콤한 사탕이 흘러내리고 있었다
산초가 칸쵸를 먹으며 과자에 그려진
귀여운 동물들을 집어삼켰다
돈키호테의 투구에서 멈춰 버린 시간이
풍차를 따라 회전하며 울었다

달리는 시계를 따라 녹아내린 얼굴에
달리 그릴 것도 없어
뭉크의 목소리를 그려 넣었다
시계에서 절규가 흘렀다
흔들리는 구름이 비틀거렸고

연금술사들은 성부, 성자, 성령의 이름으로
십자가를 녹여 팔았다

십자가의 모양을 그리며
돈이 되지 않는 것들은 죽었다고
신선한 고기가 상하도록 쌓아 두었다
비릿한 냄새가 안개처럼 퍼졌다
상한 고기 밑에서 멈춰 버린 시계에 덧칠을 했다
유화되지 않는 유화에는 달리의 그림이
악을 썼고 굽은 초침이 돈키호테의 창처럼
풍차에 꽂혀 휘어 버렸다
달콤한 막대사탕이 태양에 녹아
끈적하게 흘러내렸다

흘러내린 얼굴과 시계에 시간을 그려 넣었다
돈키호테가 풍차에 걸려 시침처럼 돌며
분침처럼 풍자되었다
벗겨진 투구에서 멈춰 버린 눈동자가 튀어나왔다

막대사탕이 구름에 걸려 비처럼 흩어져 내렸다
이가 빠진 아이들이 바람 빠진 바퀴처럼 웃고
시계처럼 울었다
일그러진 구름이 절규를 질렀다

마그리트가 그린 세계가 현실이 되기 위해
나뭇잎은 비둘기가 되고
나무는 장화가 되었다
정장을 입은 사람들이 비처럼 내리며
구멍 난 우산에서 오래된 시계를 비밀처럼 흘렸다
구멍을 뚫고 돈키호테가 비처럼 쏟아졌다
마그리트는 돈키호테를 그린 적이 없다

뒤샹의 샘에서 눈물이 분수처럼 튀어
돈키호테의 창이 모두 녹아내렸다
바람이 불지 않아
풍자도 멈춰 버렸다

시간이 저무는 숲에서는
연금술을 위해 장작을 피워 올렸다
숲이 불타자 시계는 더 빠른 속도로 녹아내렸다
이가 빠져 산초를 칸쵸라 부르던
돈키호테가 담배보다 독하게 물고 있던
막대사탕을 불 속에 던져 넣었다

실패한 연금술 같은 아이들이
고픈 배를 움켜쥐고 뒤샹의 샘에 고인
물로 배를 채웠다

채워도 채워도 허기진 시간이 흘러갔다
마그리트는 없는 세계를 그렸고
달리는 없어질 세계를 그렸다
돈키호테가 배고픈 아이들을 위해
썩은 고기를 구하러 긴 여행을 떠났다
막대사탕을 입에 문 아이가
구름을 빨고 있는 아이를 비웃으며 지나갔다

샘에 빠진 아이는 시간이 멈추자
익사한 얼굴로 떠올랐다

눈(👁) 내리는 날 눈(🌨) 속에서

하늘에서 👁이 내린다
소복소복 쌓여 눈두덩이가 된다
👁이 그윽하게 쌓인 거리
걸음을 옮기면 터져 버리는 수정체
수면에서 각막을 뚫고 다이빙을 한다
하지만 단단하게 얼어 버린 👁

하늘에서 🌨이 내린다
혓바닥 위에 내려앉은 결정체
푹신한 🌨 위에 몸을 던지면
깨져 버린 유리 조각이 등에 박혀
붉은 눈사람을 만든다
얼굴을 붉힌 눈사람들은
피가 서린 공포의 전율을
소나타처럼 연주한다

🌨 위에 👁이 내려 더 슬퍼지는 눈물
🌨에 들어간 👁이 슬퍼서

☁은 👁을 감아 버렸다

거리에는 가로등보다 많은 👁이 쌓인다

쌓인 ☁보다 더 많은 👁이 가득 쌓인다

무서운 눈사람이 거리를 헤매다 ☁을 감는다

☁보다 많은 👁이 무서운 속도로 사람들을 향해

매서운 눈초리로 째려보며 흩날린다

바람이 불어 ☁은 몸을 때리고

☁이 닿은 자리에서는 피가 흐른다

👁사람이 붉게 물든다

발자국(🦶)과 발자국들(🦶🦶🦶)

구름이 운다
흑백의 구름에 무채색의 무지개가 걸려
비가 흩날린다
바람의 펜촉이 가늘게 그려 놓은 음계
울리지 않는 음악이 눈물을 흘린다

음계를 하늘에 그려 놓으면
흩어져 버리는 층운형의 구름
계단을 밟고 걸어간 남자와
남자가 뒤에 남겨 둔 🦶은
아직도 추락 중이다

"🦶🦶🦶은 영원히 추락하는 중입니다"
말 없는 🦶이 팻말을 세우고
들어 본 적 없는 구름의 울음소리가
바람을 따라 흩뿌린다

허공에 그려 놓은 🦶

그리고 👣👣

남자는 무채색의 바람을 위해

손가락을 꺾어 입김을 불어 넣었다

흑백의 구름이 입김을 따라 울었다

검은색 무지개에 👣을 남기며 걸으면

계단을 따라 굴러떨어지는 펜촉

펜 끝에 찔린 허벅지에서

서글픈 음악이 분수처럼 솟아오른다

빨간 분수,

분수도 모르고 저지른 나누기

익사한 사체가 주주총회에 참석하려

걸어 나오지만 죽은 자의 국기에는 👣만 남아 있다

👣👣만 무수히 찍혀 잃어버린 것들을

더욱 서글프게 읊조린다

정부를 부정한 건 새로운 종족을 만들기 위해

몸이 썩은 유채색이 아니었다
무책색에 명도를 가늠하며
서서히 식어 가는 온도가
👣처럼, 👣👣처럼 오랜 관계를 부정한다
부정은 정부를 외면한 자들의 구호,
구호에는 👣이 찍힌 사람들이
명도가 다른 구름들처럼
제각각의 방법을 따라 울었다

36명에 0.5명을 더해야만 완벽해지는 흔적들
네가 없어 남자는 찍을 표가 없었다
표가 없어 인정받지 못하지만
걸어온 길 뒤에는 👣이 살아 움직였다
그래서 더 세차게 흩뿌려지고 흩날리는
하지 못한 무수한 말들
👣👣은 기차의 미등으로 뛰어들었다

허공의 흔적이 묻은 👣

피가 흐르듯 찍어 놓은 👣👣👣
네가 걸어간 길에는 죽은 자들이
간격을 재며 재미없는 농담을 던졌다
거짓말은 최고의 농담
사실 너는 모두 거짓말이었다

체온은 언제나 36°C
0.5°C를 잃어버린 👣
볼을 비비며 색조 화장을 지웠다
맨얼굴을 가리려 뒤집어쓴 가면
가면에 👣👣👣을 눈물처럼 그려 넣고
입 주위에 커다란 입술을 그렸다

립스틱의 재질은 붉은 피와 피의 선율
비가 내려 👣이 지워졌다

평발은 계단을 밟으며 정부가 사라지길 꿈꾸었다
죽은 자들이 일어나 식은 밥을 나눠 먹었다

반찬은 무채색의 구름과

명도가 다른 허공

구름을 피워 올리는 집이 없어

닫히지 않는 문으로 바람이 침입했다

바람의 ♪이 ♪♪♪과 노래를 부르며 사라져 갔다

0.5가 영원히 침묵하는 무채색의 나라

빨간 구름이 색깔을 흘리고 울면서 지나갔다

음계에서 떨어진 네가 깨어진 머리를 부여잡고

무채색의 피를 흘렸다

유채색의 봄이 점점 멀어져 갔다

3부

눈물에 젖은 꽃은

질 수 없어 녹이 슬었네

지구별 보고서

　지구가 두 동강 나길 기다리는 권태로움을 피해 군더더기 없이 지루한 하루를 권한다. 사과나무는 벼락을 맞아 두 동강 났지만 살아남은 쪽에서는 꽃을 피우고 열매를 맺는다. 미쳐 버린 권태가 걸어와 사과를 따 먹으며 갈라진 나무를 밧줄로 묶는다. 꽃이 피어서 권태하니까. 열매가 열려서 권태하니까. 염증을 흘리는 나무에 염증을 느낀 거라고 이골이 난 목소리로 말한다. 쇠구슬을 혀에 달고 길게 늘어진 혓바닥을 바닥에 끌며 싫증은 초기 증상이라고 권태는 권태로움을 잊으려 기지개를 켠다. 이런 날 무지개라도 피면 담배 연기처럼 연기된 죽음을 피워 올릴 수 있다고 권태는 어설픈 연기를 갓 배운 배우의 발성처럼 내뱉는다.

　이 골에서 농약을 마시고 자살한 사람이 셋입니다. 밭 너머 이어진 산의 푸른색들이 권태롭기 그지없어 거지 같은 삶을 버린 겁니다. 삶에 이골이 난 사람들은 물 대신 농약을 들이켜고 고통에 몸부림치다가 식도부터 위까지 녹아 호흡을 서서히 잃어 가는 겁니다. 그건 누구의 잘못도 아닌 권태로운 녹색들의 장난입니다.

　지구를 쪼갤 수 있도록 커다란 도끼를 만들어 보고
싶다는 어설픈 생각을 샛강에 흘려보냈다. 사구에서 몸
통만 남은 사체가 떠올랐다는 뉴스가 간헐적으로 흘러
나왔다. 몸속에 피가 남았는지 궁금했지만 죽음이 흘러
나온다는 소식에 이골이 난 사람들, 죽음마저 권태로운
진실이 되어 가고 있었다.

　살인 사건의 진범은 발견되지 않았습니다. 연쇄 살인
같은 연쇄 권태가 사슬처럼 얽혀 깊은 밤을 수놓은 별
처럼 구름에 덮입니다. 죽은 사람들의 행렬이 오와 열을
맞춰 오열해도 관심 없는 소식이 될 뿐입니다. 빛에 시달
리던 가족이 동반 살인을 했고, 건축 현장에서는 매일
벽돌같이 단단한 사람들이 떨어져 깨집니다. 전염병에
걸린 사람이 침대 시트를 흩어 놓고 구역질을 합니다. 잘
기억나지는 않지만 1초, 2초, 3초에 한 명의 아이가 갈비
뼈를 드러내고 죽어 갑니다. 매일 사구에서 사체가 떠올

라도 이상할 게 없는 권태에 이골이 났습니다.

권태족이 사는 마을에는 식인이 오랜 전통이다. 갓 태어난 시체를 불판 위에 올리고 뜨거운 뉴스를 먹어 치운다. 먹지 못할 것은 없다. 이 골에서 저 골로 웃자란 목을 잘라 꼬치에 끼우고 염장을 지른다. 불꽃이 화려하게 타올라도 화력이 너무 세도 관심이 없다. 권태로우니까. 시위대가 쏜 최루탄 가스에 소리를 지르고 물대포에 넘어져 다리가 부러진다. 이골이 난 권태의 한 장면이 또 사진처럼 지나간다. 웃자란 것들을 잘라내는 것만이 소일거리인 사람들에게는 아우성도 이골이 난 권태, 죽은 사람들의 행렬에는 어떤 해장도 의미 없는 기록이다.

고층에 사는 이들은 아래층에 사는 것들이 웃자랄 때마다 머리를 잘라내고 식인이 습관이 된 관습으로 어린것들의 배 속까지 밭을 간다. 어린것들을 심어 어른이 되면 죽음이 권태로운 곳으로 보내고 대오를 갖추기 전에 권태를 가르친다. 가르치기에 이골이 난 선생이 긴 하품을 하고 학생들은 입 속에 생긴 긴 동굴로 오열을 맞춰 들어가며 오열한다. 웃자랄 기미를 보이는 학생은 낌새도 없이 잘라 버리고 지루한 철학 서적을 뒤적이는 학생의 머리를 쓰다듬으며 또 하품을 한다. 철학책에서 기어 나온 벌레들, 송충이는 발이 많아도 느리다. 느리게 자라야 칭찬을 듣는 곳, 먼저 자란 머리가 프라이팬에서 익어 가고 버터 향이 퍼진다. 버텨도 졸음은 쏟아지고 잘 잠들라고 선생은 국어 시간에도 수학 시간에도 권태를 가르친다. 고층에 자라는 화초에 꽃이 피었다고 권태로운 아침이 조금 나아지는 것은 아니지만 고층에서는 꽃 한 송이로도 지루한 파티를 이어 가고 아래층에서는 피 튀기는 책들이 코피를 틀어막고 피라미드에서 미끄럼틀을 타며 밑으로 곤두박질친다.

황혼이 반사된 미끄럼틀 사이로 죽여주는 경치가 눈치챌 사이도 없이 죽어 가고 있다. 더럽게도 경치가 이 골에서 저 골로 비치고 골수를 빼먹는 벌레가 온몸을

기어다닌다. 심장에서 기생충이 자라 몇 개의 감정을 먹
어 치운다.

녹슨 꽃

버려 둔 것들은 오열하는 습관이 있다
오랜 기억 하나가 낡은 부표처럼 떠올랐을 때
나는 꽃에 관한 기록 중
다섯 번째 줄을 읽고 있었다

그곳에는 달빛을 삶아 먹고
복수가 차오르기 시작한 눈물이
떠난 사람들이 두고 간 일기의 오열처럼
행갈이도 못 한 채 어지럽게 흩어져 있었다

눈물에 젖은 꽃은 질 수 없어 녹이 슬었네
로 끝나던 마주 선 계절에게 자리를 내주고
서서히 사라진 날씨 같은 문장
그 한 줄이 버릇처럼 아파 책을 찢었다

찢어도 다시 피어나는 꽃잎
낡은 청바지의 밑단같이 허름해진 책은
낮 열두 시 무렵 뜨겁게 달아오른 체온처럼 날아가고

바람은 오와 열을 맞춰 목메어 울었다

소멸이 두려워 계절을 건너고 싶던 꽃
기다리다 지쳐 몇 개의 계절을 운 문장
조각난 페이지 오열에는
녹슨 꽃이 가지런히 피어 있었다

가죽 가방 공장에서 가죽을 벗겨 만든 가질 수 없는 가죽 가방

창고에서 검은 물이 흘러나오고 검은 물에서는 악어가 태어났다. 갓 알을 깐 악어는 어미의 입 속에 들어가 평온을 찾았지만, **창고 안이 편안한지는 묻지 않았다.** 세 발 달린 악어가 태어났고 도시의 하수구에는 거대한 악어가 발을 찾아 헤맨다는 풍문이 바람을 타고 들려왔다. **창고 안이 견딜 만한지 묻지는 않았다.** 악어를 피해 창고로 들어간 사람들이 가끔 알이 되어 검은 물과 함께 밖으로 나왔지만, 알을 깨고 나온 악어는 말을 할 줄 몰랐기에 **창고 안은 편안한지 묻지 않았다.** 도시의 풍문은 커져만 갔다. 세 발 달린 악어가 더 무섭게 돌아다닌다거나 두 발로 서서 사람처럼 걷는 악어가 담배를 입에 물고 콧김을 뿜어낸다는 소문이 밀림처럼 자랐다. 그래도 **창고 안은 살 만한지 묻지는 않았다.** 창고에는 악어가 사는 것이 분명해 보였고 작은 배수관으로 검붉은 알이 끊임없이 태어났으니까. 태어난다는 것은 딱히 새로울 것도 없는 일이니까. **창고 안은 따뜻한지 창고 안에는 밀림이 있는지 굳이 묻지 않았다.** 가끔 악어를 닮은 가죽들이 트럭에 실려 어딘가로 가는 모습만

96

볼 수 있었다. 드나드는 트럭이 늘어나자, 새 단장을 한 창고는 더 많이 늘어났다. 네온사인이 시신들처럼 춤을 추고, 발아래 흐르는 구정물에선 썩은 젓갈보다 더 지독한 냄새가 풀풀 풍겼다. 창고 안에 들어가 살고 싶었지만, 창고 밖을 기웃거리는 것들은 풍문으로만 떠돌던 세 발 달린 악어, 안에서는 네발 달린 것들이 썩은 이에 악어새를 앉혀 두고 가느다란 부리로 이를 쑤시며, 꺼지라는 말보다 더 구역질 나는 향기를 풍기며 받아 주지 않았다. 두 발 달린 악어도 사람처럼 걷는 악어도 도시의 하수구에 모여 몸집을 키워 갈 뿐이었다. 먹은 것이 없어도 몸은 점점 커져 갔고, 하수구는 늘어나는 창고의 속도처럼 가득 찰 것 같았다. ***창고 안의 공간은 넉넉한지*** 묻고 싶었지만, 악어는 말을 할 수 없어 침묵했다. 가끔 알이 아니라 절름발이가 된 악어가 검은 물을 뒤집어쓰고 하수구로 흘러나오기도 했다. ***창고 안에는 누가 사는지*** 묻고 싶었지만, 악어는 말을 할 줄 몰라 썩은 이가 빠진 자리로 바람을 불며 풍문만 풍선같이 키웠다. ***창고는 늘 아득해 보였다.*** 멀쩡하게 태어난 악어들이 걸어 들어갔고, 영영 소식을 모른 채 잃어버렸다는 사실조차 잃어버린 하수구는 더 많은 길을 만들고 옆 동네로 소문을 실어 날랐다. 소문을 따라 옆 동네에도 그 옆 동네에도 창고는 늘어나고 담배 연기같이 하얀 입김을 뿜어냈다. 창고에 들어가 본 적이 없어서, **_창고 안은 안락한지_** 물어보고 싶었지만, 안락사한 악어가 트럭에 실려 비싼 값에 팔려 나갔고, 하수구를 벗어나지 못한 그의 가족들은 그나마 며칠 동안 배를 채울 수 있었다. 그렇기에 누가 또 창고 안으로 들어가나 순번표를 뽑아 놓고 개찰구를 통과하려 긴 행렬을 만들었다. **_창고 안에는 무슨 일이 일어나는지_** 물어보고 싶었지만, 말을 배우지 못한 알들만 계속 태어났고, 트럭은 소리 소문 없이 창고를 드나들었다. **_창고에는 누가 사는지_** 궁금했지만, 가끔 어미가 없어 어말을 채울 수 없는 괴성만 하수구의 뚜껑을 넘어 검게 칠한 창고의 창문을 때렸다. 없는 발이 유난히 시려, 있는 것만 같은 착각에 창고를 향해 없는 손을 흔들던, 빠진 이 사이로 들어온 바람이 나가지도 않고 **_창고 안에 빈자리는 없는지_** 기웃거리다 어두워진 거리를 걸어 어미의 입 속 같은 하수구에서 빠진 이를, 없는 손처럼 쥐고 잠들던 날이었다.

피터팬콤플렉스가 필요한 이유

어린 왕자가 독주를 마신다. 테킬라와 보드카를 섞어
발화점을 낮추고 흔들리는 불꽃을 마신다. 여우는 불꽃
놀이에 취해 장미의 가시를 먹는다. 목젖에 걸린 가시가
몸부림을 치다 그믐달처럼 서서히 죽어 간다. 어린 왕자
는 꽃송이를 딸 때 이른 저녁을 차리고 보아뱀의 배 속
에서 저녁을 먹는다. 모자가 가볍게 인사를 한다. 뱀이
삼킨 것이 기린이었던가. 가려서 보이지 않는 것들이 너
무 많아 코끼리는 육식을 선택하고 죽은 새끼의 환부를
코로 핥는다. 어린 왕자는 일흔한 살의 나이로 피터팬과
친구가 되었다. 늙은 피터팬이 지팡이를 짚고 돋보기를
끼고 팅커벨을 찾는다. 웬디의 무덤 옆에는 한때 아이였
던 노인들이 모여 앉아 바둑을 둔다. 늙은 바둑이가 두
더지가 파 놓은 곳에 시계를 집어넣는다. 악어의 배 속
에서 피터팬콤플렉스에 걸린 후크 선장이 사라진 팔로
보아뱀을 집어 들고 모자를 고쳐 쓴다. 퇴고되지 못한
후크 선장의 항해일지에 피터팬이 붉은 줄을 긋는다. 웬
디가 붉어지고, 시계를 삼킨 악어가 붉어지고, 어른이
된 아이들의 오래 묵은 네버랜드가 붉어진다. 모자가 바

람에 날려 바다에 떨어지고 간판에 구멍이 난 해적선이 모자를 쫓아 보아뱀의 역사를 읽어 주고, 그 광경을 지켜보는 아이들은 맨들해진 바둑돌을 매만지며 지루한 네버랜드의 끝에서 하품을 하며 바둑을 둔다. 바둑이가 외통수처럼 뒤통수에 바람을 불어 넣는다. 보아뱀이 삼킨 코끼리가 보아뱀의 배꼽이 있었을 부서진 역사를 코로 핥는다. 늙은 뱀은 간지럽지만 움직일 힘도 없다. 테킬라와 보드카를 섞어 마시며 어린 왕자는 B-612에 자라는 장미를 갈아엎고 밭을 만든다. 밭에는 내년에 가격이 오를 것 같은 콩을 심는다. 가난한 어린 왕자가 피터팬에게 빌린 그림자를 갚으려 밤에도 잡초를 뽑는다. 그나마 형편이 조금 나은 피터팬은 그림자가 없어도 살 수 있다고 천천히 갚으라고 어린 왕자 옆에 앉아 함께 잡초를 뽑는다. 피터팬은 그림자도 없이 팅커벨의 희미해진 빛에 의지해 어린 왕자와 바둑을 두고 밤길을 재촉한다. 여우가 기다리다 지쳐 장미가 되고 장미의 가시는 무뎌져 누구에게도 상처를 주지 못한다. 한때 B-612 최고의 연설가였던 장미의 가시가 시들어 간다. 날이 껶인 쟁기로 밭을 갈며 어린 왕자는 피터팬이 무사히 돌아갔는지 잠시 걱정을 한다. 내일도 잡초를 뽑다 피터팬과 함께 바둑을 둘 것이다. B-612에 내려진 부당한 행정처분은 바둑돌로 가리고 장미가 자라던 자리에 밭에서 나온 주먹만 한 돌덩이를 쌓을 것이다. 한때 지구까지 돌을 던졌던 힘은 바둑돌을 옮길 힘도 없고, 희미해진 팅커벨은 훈수를 두다가 피곤해지면 보아뱀이 삼킨 코끼리의 등에 누워 잠이 들 것이다. 싸우는 법을 잃어버렸다는 것은 늙어 버렸다는 것, 바둑을 다 둔 어린 왕자와 피터팬이 부당하게 내려진 행정 처분에 항소하기 위해 천천히 펜을 든다. 글씨가 잘 안 보여 그믐달이 내뿜는 달빛처럼 글자들이 흘러내린다. 네버랜드에서 늙어 버린 투사들이 후크 선장과 다시 싸우려 지팡이 끝을 날카롭게 다듬어 본다. 시계를 삼킨 악어가 크게 하품을 하고 하찮게 끝난 하루가 하나 더 저문다. 밭에서 싱싱하게 자란 콩을 타작하며 어린 왕자는 고단한 하루의 피로를 잠시 잊어 본다. 바둑을 두다 잠이 든 늙은 피터팬이 피터팬콤플렉스가 무엇인지 긴 잠꼬대를 한다.

바둑이가 바둑을 대신 두고 싶다고 늙은 이를 으르렁거리지만 밀려오는 졸음에 어린 왕자는 이불을 덮고 뉴스로 채널을 돌린다. 올해 콩값은 똥값이라는 소식이 흘러나온다. 빌려 온 그림자가 추운 듯 흔들거린다. 행정 처분을 기다리는 네버랜드로 그믐달의 그림자가 추락한다. 저 달이 저물면 달보다 밝은 빌딩이 길게 늘어설 거라고 헐값에 팔린 땅들이 비틀거리며 떨어지는 그림자를 받아 보려 휘청거린다. 다 늙어 버린 나라에 후크 선장만 그대로 남아 웃고 있다. 영원히 늙지 않는 악당만 악어의 배 속에서 천천히 째깍거린다. 후크 선장의 웃음이 그믐달에 걸려, 비틀거리는 지구까지 울려 퍼진다.

우리의 이별들을 기록합니다

그대를 기억하기 위해 기록합니다. 아침이 오는 소리를 들으려 노력합니다. 쇼윈도에 진열된 진부한 사랑으로 허기진 배를 채워 봅니다. 밤은 길지만 아침은 어김없이 또 찾아옵니다.

하나를 고르면 쿠키처럼 부서져 버리는 바삭한 햇살입니다. 살이 찐 이별에게 헤어진 적 없는 헤어짐을 속삭입니다. 쇼윈도를 채운 사람들이 거리를 헤맵니다. 버려진 손과 발이 악수를 나누고 헤어집니다. 저녁상에 올려진 뚱뚱한 탐욕이 탐스럽게 숙성되어 입 속으로 들어갑니다.

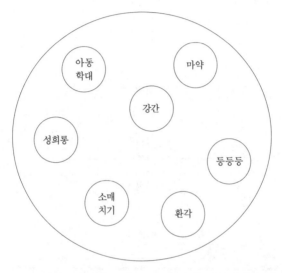

소모하지 못한 등등등이 등에 맺혀 떨어집니다. 추락하는 것을 받으려다 부러진 팔을 다리에 이어 붙여 봅니다. 괴상한 사람들이 물구나무를 선 채 거리를 뛰어갑니다. 아픈 사람이 아프다고 소리쳐도 아무도 듣지 않고 지나갑니다. 쓰러진 열매가 과육을 터뜨리며 짓밟힙니다. 과일들이 거리를 걸어 보란 듯이 눈물 같은 과즙을 터뜨립니다.

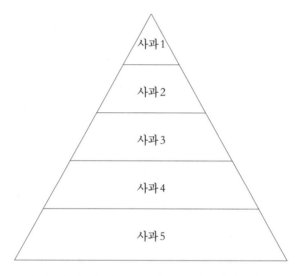

사과 1이 사과 2의 두개골을 깨뜨리면 사과 3이 흘러 내리는 피를 받아 바칩니다. 사과 5는 다시 태어나도 사과 1처럼 살 수 없어 먼 곳으로 팔려 갑니다. 파헤치고 파헤쳐도 남아도는 사과 1은 사과도 없고 사과 5는 사과인 채로만 살아갑니다.

사과파이처럼 네온사인이 부서집니다. 부서진 불빛

에서 불쾌한 냄새가 불쑥 솟아오르고 불안한 밤들이 불길하게도 장작처럼 타오릅니다. 까맣게 탄 아침이 어김없이 찾아와 쇼윈도를 걸어갑니다. 잊지 못한 기억들이 부서진 조각처럼 쌓이고, 더러워진 거리를 채웁니다. 이별이 부서지는 별빛으로 가슴에 구멍을 뚫고 흘러갑니다. 사과에서 눈물같이 부서진 과육이 헤어짐에 닿아 흩어집니다. 아침이 또 어김없이 찾아옵니다. 피라미드가 거꾸로 떨어져 쇼윈도가 깨어지는 꿈을 꾸며 잠이 듭니다.

자작나무 숲에서 길을 잃다

늑골 사이로 버섯이 자랍니다
버릇처럼 울던 기억일까
벗어 둔 외투를 걸쳐 서둘러 옷깃을 여밉니다
하지만 벗어날 수 없는 흔적은
갓 자란 포자처럼 끝없이 퍼집니다

횡격막으로 흘러든 물에서 습지가 자랍니다
파랗게 멍이 든 심장을 몇 조각 던져 넣으면
굶주린 파편들이 허기진 아이의 거짓말처럼
무서운 속도로 달려들 겁니다
허름한 기억의 첫 장을 촛불에 태워도
이 병은 영영 끝나지 않을 겁니다

손목을 따라나선 발목에서
상처 입은 자작나무가 흐느끼며 자랍니다
솟아오른 줄기는 잘라도 남아 있는 쓸쓸한 뿌리
눈물을 몇 방울 떨어뜨리면
혈관을 타고 흐르던 꽃말이

잘려 나간 가지처럼 마디마다 필 겁니다

눈 속으로 상처 입은 무덤들이
금이 간 유리처럼 번집니다
숫자를 더해 가는 횟수만큼
서서히 짙어지는 불투명의 자국들
허공은 엉켜 버린 바닥들의 자취입니다
옅어진 기다림마저 잃어버릴까
버릇처럼 벗어 둔 옷깃을 여밉니다

꽃 같은 시절

꽃이 피는 건 지겨운 거야,
라고 썼다 지운다

지워 놓아도 끊임없이 떠오르는 꽃의 분열
컨베이어 벨트 위에 죽은 꽃송이를 올려놓아도
끊어지지 않을 최초의 오열

작은 균열에도 흐느끼던 시절은
계절이란 이름으로
끊어질 듯 이어 온 모든 것들의 비명이었다

반복되는 계절은 그저 감당해야 했던
비명만 남은 주옥같은 날들
꽃잎은 작은 바람에도 갈라지는 소란
잎은 소리 지르지 못한 모든 것들의 입이었다

입에 귀를 대고 잎의 숨결을 들을 때면
뿌리부터 시작되는 고된 개화

개화는 단지 계절이 남긴 잔업이었고
침묵한 자들의 아우성이었다

침묵으로만 견뎌 온 입이라는 잎은
물관을 잃어버린 엄마처럼
체관이 끊어진 누나처럼
시들어도 끝날 줄 모르고

꽃이 지르는 비명에
정적만 이슬처럼 맺힌 도시
최초의 비극을 본 증인처럼
꽃은 계속 피어야만 했다

'ㅇ'이 죽고, 사라가 떠났다

아기의 입 속에서 'ㅇ'이 태어난다. 구토에 섞여 배출되는 허망한 허무, 배가 고픈 고라니의 음성에서 어미의 죄가 퇴화한다. 나무는 뿌리를 벗고 길을 걷는다. 허물어지는 어근, 어말이 거북이의 등을 타고 해류에 몸을 싣는다. 산산이 부서질 유속, 어둠에서 'ㅇ'을 건져 올린다. 해저에 잠든 어미들은 태어날 때부터 눈을 잃어버렸다. 낚싯줄보다 질긴 생명으로 바닥을 기며 건져 올리지 못한 어말들을 애도한다. 선어말어미는 먼저 떠난 것들을 위한 존댓말, 아기의 입에서 태어나 처음 배운 울음은 욕이었다. 날치의 지느러미에 달린 어근들이 바다에 떨어져 등을 굽히고 심해로 가라앉는다. 부서진 유조선에서 흘러내린 기름 덩어리, 오염된 아이는 구역질을 하며 어미의 젖을 문다. 심해를 휘젓던 힘까지 쥐어짜도 비어버린 모성애, 돌아오지 않는 기억은 너무 낡아 부서진 라틴어, 삭아서 흘러내린 산스크리트어. 어순을 잊지 않기 위해 헤어진 순간을 손끝으로 어루만진다. 무뎌진 감촉에도 흘러내리는 눈물, 심해를 헤엄치는 눈이 멀어 버린 것들은 오독을 독주처럼 삼킨다. 식도를 따라 위에서

머무르는 뱉어내지 못한 단어들, 큰 소리로 던져 넣은 울음이 새벽을 깨우고 등에 부딪혀 산산이 부서진다. 어미를 잃어 뿌리까지 벗어던진 걸음, 어근을 어깨에 걸어 두고 길을 걷는다. 눈송이처럼 어깨에 쌓인 하지 못한 말들이 녹아 바다까지 스며든다. 아직 끝나지 않은 구토, 구하지 못한 울음이 너무 많아 눈보라가 치는 길 위에 남긴 발자국들이 얼어 버린다. 겨우 건진 'ㅇ'마저 얼어 가슴에 품어 본다. 심장까지 차가워져 입 밖으로 뱉어내지 못한 언어들, 사라는 'ㅇ'을 남겨 두고 가라앉아 버렸다. 심해에는 'ㅇ'을 잃어버린 것들이 보이지 않는 눈을 지우고 눈이 있던 자리에는 눈물만 흘렀다.

5리의 발자국과 9인 광고 사이의 상대성 이론

구인 광고란을 뒤적이다 파란 오리가 걸어 나와 빨간 발자국을 남기고 사라진다. 교차한 오리의 발이 그려 놓은 X, x와 y가 그려 놓은 변곡점에서 f가 자란다. 함수 대신 커져 가는 fail. X선은 중력의 힘보다 빠르게 갈비뼈를 통과한다. 가속도가 늘어날수록, 실패의 실이 두꺼워질수록 비대해져 가는 F, failure를 빠르게 통과한 갈비뼈에서 붉은 입술을 칠한 여자가 걸어 나온다. 체중 감량에 들어간 안젤리나 졸리 같은 여자, 앙상한 여자가 구인 광고의 귀퉁이에 두꺼운 입술을 맞춘다. 중력을 거스르던 1969년의 추진력으로 붉은 인주가 찍힌 계약서, 선이자를 떼고 28%의 이율을 책정한다. 복리로 늘어나 앙상해진 유방, 여자는 무덤 같은 가슴에서 죽은 오리를 꺼내 변곡점에 물을 채운다. 아무리 부어도 차지 않는 2차원의 세계, flunk는 잃어버린 z를 찾아 방 안을 뒤지며 한 달을 보냈다. 하루치의 알약 같은 연쇄 작용이 촉매도 없이 빠른 속도로 진행된다. 사라진 히키코모리를 찾아 어둠을 헤매지만 3차원의 세계는 부서진 조각이 되어 방 안을 떠돈다. 갈라진 1차원의 세계에 위태롭게 서서 두 발을 오므리고 맞이하는 새벽. 삭은 횃대와 부러진 구인 광고 속 입술은 $9.8m/s^2$의 속도로 추락한다. 곧 계단을 걸어 집을 나간 오리들이 돌아올 시간, $y=f(x)$가 되는 곳에서 추락하는 날개들. failed가 오리의 깃털을 뽑아 잉크를 찍어 흩어진 이율에 밑줄을 긋는다. 빨간 인주를 바르지 않은 입술이 검게 굳어 짖는 법을 잊어버린 젖은 종이가 되고, 잦은 외출을 끝낸 여자가 볼에 붉은 도장을 찍고 이불 속에 들어가 깊은 잠에 빠진다. CO가 가득 피어 하얀 연기가 방 안을 채우면 CO_2를 내뱉고 굳어 버린 인주를 손등으로 닦는다. 피처럼 번지는 세계의 키스, 한여름의 사탕처럼 눅눅한 촉감이 소리를 지르며 날개를 편다. 깃털이 빠져 날지 못하는 오리가 날기 위해 창문에 걸어 놓은 1차원의 세계에 발을 올린다. x의 값을 구하지 못했지만 $E=mc^2$이기에 시간과 장소는 수축하여 구인 광고의 X들을 빨아들인다. 온 세상이 붉은 X로 가득 차 오리는 떨어지는 속도를 늦추려 빠르게 날개를 접었다 편다. 깃털 없는 날개가 겨울바람에 흔들리는 가지처럼 나부끼다 부러진다. 사라졌던 z가 나타나 3차원의 세계에 점을 찍고 블랙홀처럼 털이 빠진 오리의 피를 빨아 당긴다. 작은 점에 부딪혀 깨진 핏방울이 바닥에 떨어져 x를 남기고 사라진다. 1차원의 세계에서는 아무런 울음도 들리지 않는다. 바람이 불 때만 잠깐씩 흔들려 모습을 드러내는 sin, 각도가 좁아질수록 줄어드는 삶의 무게가 오리의 엉덩이를 떠민다. 붉은 발이 교차하며 위를 향해 추락하는 비행, 구인 광고란에 남은 발자국들이 횃대를 부셔 횃불을 피우고 거리로 나선다. 멀리서 사이렌 소리가 가까워지고 히키코모리의 화려한 외출은 서막이 오른다. 변곡점을 지나자마자 미끄러져 버린 행보, 머리에서 피가 흐르고 사이렌 소리는 멀어지며 다가온다. X자로 꿰맨 머리에 물대포가 변곡선을 그리며 쏟아지고 상처로는 통증이 오르락내리락 춤을 춘다. 상처 위로 오리주둥이가 자란다. 오리주둥이를 가진 사람을 찾는다는 구인 광고란에 동그라미를 쳤다가 오리의 발자국을 찍는다. 흉터 위로 깃털이 샛별처럼 흐느적거린다. 금성에는 부리를 가진 사람들이 더 많다는 뉴스가 나올 때까지 채널을 고정하고 구멍 난 커튼을 닫는다. $F=m_1 \times m_2$, 언젠가는 지구와 금성이 만나 부리를 가진 사람들이 서로 부둥켜안고 빛을 따라 걸어나올 것이다. 하지만 어두운 방 안에는 구하지 못한 x, y, z가 허공을 떠돌고, 허기를 달래려 붉게 물든 종이를 씹어 먹는다. 이제 커튼 밖은 저녁이어도 좋고, 아침이어도 좋다. 점심이면 더 좋겠다. 허기를 달래기에 적당한 시간이 몇 개 저물고 있다면 붉은 줄이 그어진 종이도 한 끼 식사로는 괜찮다고 X를 그리던 손으로 부리를 쓰다듬으며 위로할 수 있을 것 같다는 생각이 들었다. 희미한 전등이 부르르 떨리는 두근거리는 시간, 양성자와 전자의 완벽한 배열이 양자역학처럼 눈에서 흐른다. H_2O의 세계가 공간을 채우고, 배가 고픈 새들이 전자의 속도를 이기지 못하고 허기진 배에 세상에서 가장 완벽하다는 He를 채워 허공을 향해 추락한다. 빈 공간마다 커다랗게 붉은 X가 그려져 있고, ( ) 안에 갇혀 버린 수없이 많은 X들은 또 어떤 맛일지, 허기진 상상을 하며 융털보다 많은 배고픔들을 어루만져 본다.

삼투압

—높은 곳에서 시작된 웃음이 낮은 곳에 고이면 슬픔이 된다

함박눈이 소금처럼 내렸다
내리는 눈을 맞으며 삼투압의
과학적 근거는 농도의 차이에서 비롯된다는 기억을
노트에 적었다 몸에서 염화나트륨이 빠져나가는 기분이
마치 행복을 조금씩 뺏어 가는 이 세계의 질문 같았다

곧 김장철이었고 절인 배추보다 지쳐
물기 빠진 얼굴로 몇 개의 사랑을
삼투압처럼 버리고 싶던 날들이 계속되었다
마음을 볼 수 없어 모두를 의심하던
의도하지 않아도 함박눈처럼 미움이 쌓여 가는 겨울,
진짜 미워서가 아니라 미워해야만 옅어지는 농도를
견딜 수 있을 것 같았다

장검이 항상 단검을 이기는 것이 아니듯
가시에도 아파 소리를 지르던
함박눈이 내려앉은 어깨,

사랑하는 사람들이 하나씩 죽으면 눈 깊은 곳으로
되돌아가는 것은 아닐까 하는 의구심이 눈처럼 쌓
였다

믿어야 할 것들에 대한 불신과
믿지 말아야 할 것들에 대한 의심이 소복이 쌓여 음
지를 수놓던 밤,
작은 눈사람을 여러 개 만들어 이름을 붙여 주었다
아빠, 엄마, 이제는 나보다 어린 누나……,
맨발로 추운 겨울을 헤매다 죽어 간 아이
트렁크 속에서 폐소공포증을 잠깐 얻었다가 영영 숨
을 못 쉬게 된 소년
새아빠의 주먹질에 허벅지까지 물푸레나무처럼 퍼렇
게 멍들어
영영 숨을 쉬지 않던 소녀
베니어판에 깔려 압사한 젊은 노동자
모래 더미 속에서 발버둥 치던 흔적을 남겨 두고 천천
히 숨이 멎어 간 늙은 노동자

낙하하며 그 짧은 순간에도 살아온 삶보다 더 많은
생각을 했을 노동자, 노동자들
　전깃줄에 축 늘어져 안전제일이란 모자만 노랗게 빛
나던 어린 자식을 둔 아빠까지
　무수히 많은 이름을 하나씩 붙여 주었다
　삼투압에 의해 절인 배추보다 더 피곤해진 얼굴로
　빨간 통 안에서 서서히 죽어 가고 싶던 밤이었다

이제 봄이 올 거랍니다
아직 일교차는 크지만
조금씩 따뜻해지고 있습니다
곧 북태평양 기단이 북상하고
예년의 기온을 회복할 것으로 보입니다

또 시작되는 일 년짜리 삶
0도씨를 넘으면 서서히 사라져 갈 사람들
눈사람을 냉동실에 넣어 주고 싶었지만
가득 차 버린 냉동실에서 여름에도 추위에 떨까

녹는점을 통과한 눈사람을 음지에 옮겨 놓았다

잠시라도 더 머물다 가라고 이름이 붙은 눈사람이 음
지를 장악한 날 올해는 또 어떤 죽음들이 눈사람으로
태어날지 서글퍼 일찍 떠난 아빠를 크게 불러 보았다
대답 없는 메아리가 허공에 부딪혀 산산이 부서진 봄이
오는 길목, 없는 아빠는 대답도 없고 음지에는 눈사람이
한 걸음씩 늘어갔다

dummy

길들이지 않은 기러기 떼가 어두운 방 안을 날아다닌
다. 선두부터 만든 삼각 편대 팔이 없는 장난감 병정이
총을 겨누고 총알을 쏜다. 선이 깨어진 기러기의 행렬이
미사에 참석하기 위해 활강한다. 집터에는 쓰레기 더미
가 밀려와 잠이 든다. 버려진 장난감들이 부러진 부분을
이어 붙이고 프랑켄슈타인처럼 걷는다.

하구에 쌓인 유리 조각에 주둥이를 베인 기러기가
핏빛 울음을 운다. 알이 쓰레기 더미에 쓸려 깨어지고
새끼를 잃은 기러기들은 주둥이에 상처를 남긴 채 더 먼
남쪽을 향해 항해한다. 상처 입은 삼각 편대가 쓰레기
를 토하며 비행을 하고, 비행기에서 떨어진 잔해가 하구
에 쌓인다. 붉은 햇빛이 그림자를 키우고, 추락하는 날
개를 부러진 장난감들이 받으려 발버둥 친다.

깨어진 시계 조각은 멈춰 버린 계절이 되어 지구를 반
대로 돌린다. 기러기가 날아간 빌딩, 고층부터 무너지기
시작한 건물에서 사람들이 비명을 지르며 쏟아지고 장
난감 병정이 선두에 선 사람에게 총을 쏜다. 비명을 지
르던 사람이 쓰러지고 쓰레기 하차장에는 사람의 더미

가 폐수를 방출한다. 악취가 풍기는 물을 마신 사람들이 프랑켄슈타인의 흉터처럼 걷고, 집을 잃은 동물들이 도로 위를 뛰어다닌다. 멧돼지의 엄니가 긴 세월의 흔적인 듯 고라니가 건너뛴 발자국인 듯 바람에 꺾여 나풀거린다.

프랑켄슈타인의 사라진 귀에서 비어 버린 소음이 이산화탄소처럼 쌓여 뜨거워진다. 사과나무의 재배선이 상승하고 사람들은 사과를 쫓아 북상한다. 알래스카의 빙하에서 온천이 터졌다고 수영복을 입은 사람들이 얼음물에 들어가 쌓인 폐기물을 녹인다. 비키니를 따라 고운 곡선을 만든 사람들은 악취가 없는 물을 마시며 차가운 몸을 녹이고, 동상에 걸린 사람들은 얼어 버린 몸을 데우려 눈 속에 발을 집어넣는다.

터져 버린 봉제 인형이 반쯤 뜯긴 목을 까딱이며 물에 젖은 솜처럼 무거워진다. 녹아서 사라진 두꺼운 커튼, 눈부신 햇살이 젖은 짐승의 날개처럼 눈물을 떨군다. 복원된 동물이 고향을 찾지 못해 남하하고, 빈 고장에는 부서진 장난감이 팔다리를 나눠 가지며 거친 숨을

몰아쉰다. 솜이 빠져 버린 인형이 나풀거리며 기러기의 뒤를 쫓아 날아가다 바다의 한복판에 떨어진다. 봉제 인형을 멸치 떼처럼 삼킨 고래가 허리를 굽히고 고통에 몸부림치다 무지갯빛 바닷물을 마신다.

등온선을 따라 북상하다 만난 무지개, 무지개를 삼킨 고래가 눈을 감고 해변으로 밀려온다. 고래고기를 먹은 아이들이 복통을 호소하며 바다에 뛰어들고, 거북이의 등을 타고 해류를 따라 해초처럼 흐느적거리다 거대한 비닐하우스에 누워 잠이 든다. 체온이 올라 고열에 시달리는 아이를 위해 산수유는 열매를 포기하고 가지를 부러뜨린다. 부러진 가지에서 무지개가 뿌리로 스며 시들어 가는 산나무, 껍질에서 진득한 진액이 눈물처럼 흘러내린다.

껍질을 덮고 잠들던 동물들이 퇴비가 되어 쓰레기 하차장에 떨어지고 살아남은 동물들은 바뀌어 버린 새끼를 낳는다. 호랑이를 낳은 토끼가 모성애로 몸을 내주고, 사과나무를 낳은 다람쥐가 열매를 맺는다. 상수리나무에서 날지 못하는 참새가 추락한다. 거꾸로 도는 지구의 반대편에 비가 내리면 사막이 넓어진다고 지붕 아래까지 가득 찬 물을 피해 손을 흔드는 사람들 머리 위로, 커다란 그림자가 지나간다. 선두가 홍수를 따라 하강한다. 활강을 준비하던 매가 벼랑에 걸린 폐비닐에 닿아 머리가 깨지고 피에서는 바다를 건넌 유리 조각이 태어난다.

매우 유감스러운 일들이 장마전선을 따라 북상한다. 남하하지 못하고 북쪽 마을을 유랑하는 정체전선, 정든 것들이 버려진 하구에 쌓인다. 정리하지 못해 버려진 것들이 쓰레기봉투에 담겨 용서받지 못한 죄의 흔적처럼 심해로 가라앉는다. 무거운 정적이 부피를 키우고 수압을 견디지 못한 두통이 지구를 흔든다.

흔들리는 파도에 실려 온 편지, 편지에는 날카롭게 날을 세운 지난날들이 자라고 있다. 알비노 돌고래가 수평선에 걸려 낮달처럼 빛난다. 달로 이주 계획을 세운 날카로운 지구인이 달에 사는 토끼를 학살한다. 어린아이가 아무것도 모른 채 나뭇가지를 꺾어 바닥에 편지를 쓴다. 지구에 남겨진 흔적이 아파 버려진 것들이 몸서리치며 흔들린다.

끝이 보이기 시작한 드라마처럼 부족한 원고가 쌓인다. 구겨진 원고 더미로 죽은 지구에 관한 보고서가 몇 장 쌓인다. 하구에는 구겨진 지구멸망보고서가 높이를 더하고, 달을 가질 수 있는 사람들의 손에 의해 파기된다. 파쇄기에 들어가 분쇄된 알비노 돌고래가 새끼 대신 알을 낳았다는 소식이 심해에 쌓인다. 몸살이 찾아와 두꺼운 가죽을 덮어도 떨리는 몸은 멈추지 않는다. 사라진 계절이 밀린 그림일기처럼 매일 같은 날씨로 반복된다.

4부

무척추의 슬픔

없는 방

방

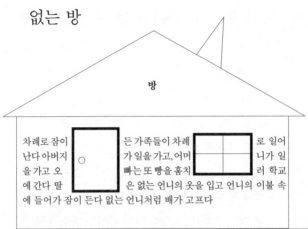

차례로 잠이 든 가족들이 차례로 일어난다 아버지가 일을 가고, 어머니가 일을 가고 오빠는 또 빵을 훔치러 학교에 간다 딸은 없는 언니의 옷을 입고 언니의 이불 속에 들어가 잠이 든다 없는 언니처럼 배가 고프다

아버지	어머니	누나/언니	아들	딸
지친 몸을 누이고 하루의 일과를 떠올린다 꿈속에서도 스패너를 돌리는 시간 아직 끝나지 않은 잔업이 잔잔한 악몽이 된다	아버지의 속옷에 손을 넣고 잠이 들어 있다 설거지하듯 아버지의 몸을 닦는다 가난은 아무리 닦아도 닦이지 않는다	없는 누나가 아버지와 어머니를 피해 익숙한 듯 등을 돌린다 병원에도 가 보지 못하고 늦은 밤 기침이 끊긴 누나는 오래전부터 깨지 않는다 없는 누나의 자리가 유난히 차다 이불을 젖히면 찬 바람이 분다	배가 고파 잠이 들수없다 배에서는 누군가를 부르는 소리가 자꾸 들린다 가방에는 훔쳐 온 빵이 부끄러운 듯 바스락거리며 소리를 지른다 아버지가 원양어선에서 내리듯 어머니의 배에서 내려 코를 골며 잠이 든다 배고픈 소리가 눈처럼 쌓여 간다	오빠가 준 빵을 잊을 수 없어 쉽게 잠이 오지 않는다 달콤한 생크림 향이 입안에 번진다 내일도 빵을 먹을수있으면 좋겠다 눈처럼 쌓아 놓은 거짓말들이 창문을 넘어 이불 위에 떨어진다 대화도 없이 없는 언니가 입었던 치마 사이로 녹은 눈이 스며든다 누나가 보고 싶다는 오빠의 말이 얇은 이불처럼 바람에 펄럭인다

잠에서 깬 아버지가 어머니의 배 위에 올라탄다 오래전 원양어선에서 건져 올린 참새치에 대한 기억이 스며든다 옅은 신음마저 참으려 어머니는 이를 악문다 창틈으로 새어 나가는 것은 어머니의 신음만이 아니다 방 안을 가득 채운 냉기가 냉정한 가난처럼 창밖으로 흘러 나가고 영하의 날씨에도 연통은 침묵한다

눈이 녹아 눈물이 되는 곳에 쌓인 발 자국

갈 수가 없었다

너에게 가는 길은 발자국마저 지워져 버렸다

진공의 세계가 진동하며 진실은 진한 독주처럼 내장을 타고 흘렀다

늑대의 포효같이 폭설은 여름에도 내렸다

하얀 이를 드러내고 소리 없이 쌓이는 울음, 나뭇가지 끝에 앉은 까마귀가 하얗게 소리치다 날아갔고 눈 위에는 얼굴마저 붉어진 꽃이 피었다

녹는 꽃을 보며 물기에 젖은 공구 세트가 녹슬어 가듯 기억이 부식되었고, 쓸모없는 몽키스패너처럼 구경거리가 되지 못한 침팬지들은 동물원에서 쫓겨나 눈 쌓인 언덕으로 갔다

눈 밑에 숨겨진 꽃들을 찾아 붉은 피를 흘리듯 뽑아 먹었다

떠난 네가 돌아올까 봐 몇 송이는 남겨 두었지만 너는 위에서도 자라지 않고, 아래서도 내리지 않았다

허기에 지친 침팬지 몇 마리는 순진하게도 내장을 꺼내 놓고 동쪽으로 떠났고, 몇 마리는 좌뇌를 꺼내 전두

엽에 문신을 새기고 비틀거리며 서쪽으로 걸어갔다 남은 침팬지들은 두고 간 것들로 허기를 달래며 남쪽에는 눈이 오지 않는다는 헛소문을 지구온난화는 없다는 속삭임처럼 믿었다 북쪽 툰드라에는 먹을 것이 풍부해서 배부른 사람이 굶어 죽어 간다는 풍문이 일고 북극곰의 털이 검게 변해 간다는 헛소리가 떠내려가는 빙하처럼 퍼졌다

폭설은 갈봄 없고 갈 것들은 결국 가 버려야 하는 이유처럼 쉴 틈 없이 내렸다

떠난 발자국 위로 계속 쌓이는 눈이 발바닥마저 지워 버렸고, 그림자마저 눈 속에 묻힌 침팬지들이 그림자를 파내다 지쳐 눈이 녹은 물을 마시며 허기를 달랬다

녹슨 눈이 녹아 고여든 눈에 눈물이 흘렀다

바람에 실려 온 소란은 쇠락한 침팬지들이 허무하게 허공에서 떨어졌다는 소식을 전해 주었다

북동 남서 어디에도 살아남은 침팬지는 없고 배고픈 영혼이 하늘에 쌓이거나 땅속을 날아다녔다

눈이 너무 많이 내려 눈이 녹은 물인지, 눈물인지 알

수 없는 것들이 계속 흘러 강을 건너 바다에 닿고 오호
츠크해의 해류를 따라 먼 나라의 빙하로 스며들었다

끝없이 녹아도 오지 않는 봄, 갈봄 없이 갈 수 없는 나
라가 있다고 늙은 침팬지들이 적도에 쌓이는 눈송이처
럼 중얼거리며 붉은 꽃이 핀 가지에 꼬리를 걸고 흔들
렸다

흔들리는 공중 사이로도 포만했던 포수의 산탄총 같
은 계절은 올 줄 모르고, 폭설만 거짓을 포장하려 포근
하게 내려 푹신하게 쌓였다

작은 바람에도 멸종위기종 바나나처럼 없는 풍문이
폭설처럼 쌓였다 녹았다 쌓이며 먼저 걸어간 사람들의
발걸음을 지워 버렸다

별마저 죽어서 떨어지는 밤, 떨리는 마음이 흔들려 꼬
리처럼 비틀거릴까 봐 침팬지는 녹아 가는 눈물들을 하
나둘 이어 별똥별 같은 별자리를 만들고 이름을 붙였다

만들어진 이름에 속아 북두칠성의 여섯 번째 별이
사실 두 개라는 진실은 모두 잊혔다

잡혀 간 침팬지들이 소리 없이 쌓이는 눈을 소음이

심한 기계처럼 삐그덕거리며 내려다보다 기계에 끼여 높은 가지에 걸린 폐비닐처럼 폐포를 하나씩 터뜨렸다

숨이 막히도록 폭설이 내리는 여름이었다

녹은 눈이 얼어 침팬지들이 미끄러지며 닿을 수 없는 별에 조문하러 길을 떠났다

눈발 사이로 발자국이 남자 별똥별 몇 개가 눈송이를 가로질러 눈 속에 들어와 박혔다

이유는 몰라도 눈 속에 갇혀 버린 것처럼 자꾸 눈물이 흘렀다

뼈와 살

(혁명)이 혁대를 푼다
흘러내린 바지에서 아직 끝내지 못한
(목숨)이 푸른 상처를 드러낸다
허벅지에는 오랜 (비밀)이 숨겨져 있다
상처를 애무하며 쏟아지는 기도
○○○○○○○○○○○○○○○○○○○○○○○○*
합당한 이유를 찾아 합장을 하면
합장된 해골이 (부활)해 부서진
무덤의 귀퉁이를 기어 나온다

☠☠☠☠☠☠☠☠☠☠☠☠☠☠

～～～～～～～～～～～

무덤의 행렬에서 떨어진 소녀가 (운다)
눈물이 갇혀 (우물)이 되고
우물에는 (빗물)이 고인다
(웅덩이)에서 벗어 놓은 우물이 자란다

혁명이 끝나지 않았다고

빨간 아버지에게 (거짓말)을 한다
무덤에서 무덤덤하게 웃는 아버지
함께하지 못한 세월의 흔적을
찢어진 (지폐)처럼 세고 있다

금방 끝나 버리는 (숫자)
1, 2, 3, 1, 2, 3……, ……,
같은 자리를 맴도는 냄새
(수컷)의 냄새가 비릿한 우물에
빗물처럼 고인다

웅덩이를 건너지 못한 (엉덩이)에
포동포동하게 오른 살
흔들리는 살덩이들이 (살치)처럼 파닥인다
(가롯)과 (유다)의 유배
죽지 않는 아버지가 (해골)이 되어
무덤을 기어 나오며 (기도)한다

제발 저를 구하여 주소서! 아버지!

아버지가 아버지를 찾지만

소용없는 소요

()()()()()()()()()()

소유하지 않은 게 아니라 못한 것이라고

소리칠 때마다 무덤에는

억새 같은 (잡초)가 웃자란다

기웃거리다 걸린 (천진난만함)처럼 퍼덕이는

웃기지도 않은 이야기를 몇 개 하자면

죽은 것은 아버지가 아니라

아버지의 죽음을 (목격)하지 못한 나

내가 (목적어) 없이 허공을 떠돈다

소유격의 (단어)를 소유한 적 없어

일어난 사태의 (소요)

수요일에는 기도하지 않는다

()()()()()()()()()()()()()()()()()()()

나는 아버지를 낳았습니다. (괄호) 안에 계신 아버지
()를 들어 주시길 바랍니다. 아버지의 (해골)에 살을 입히
고, 살지 못한 자를 위해 ()합니다. ()에서 아버지의 아버
지인 내가 울고 있습니다. 아직은 추운 겨울을 ()합니다.
기억되지 않는 (일요일)이 살아서 하늘에서 움직입니다.
(아버지)는 하늘에 계시고 ( )는 끝나지 않습니다. 오래
묵은 ()가 하늘에서 흘러내립니다. 아버지가 (비)처럼 쏟
아집니다. (뼈)와 (살)이 없는 엄한 아버지를 피해 (죄)를
짓습니다. 죄를 지으려 늦은 밤까지 홀로 ()합니다.

*(): 기도는 끝나지 않았다.

떠난 이들의 이름 대신 울었다

발 달린 공포가 뛰어오자
몇 발의 언어를 쏘았다
몸통이 분리된 언어는
털이 선 고양이의 날카로운 발톱처럼
오른쪽 관자놀이를 통과해 커다란 구멍을 만들었다

구멍에서는 기형의 기억들이
담쟁이덩굴처럼 걸어 나왔다
비명을 지르고 싶었지만
입보다 큰 구멍에서 먼저 흘러내린 소음
소란을 덮어 버리고 몸을 관통해 흐느적거리던 너
기억 속 괴물을 피해 이불을 뒤집어쓰고
발바닥이 축축해지도록 울던 날이었다

죽도록 맞아도 죽지 않고 흔들리는 개처럼
긴 혓바닥에 맺힌 땀을 흘리며
소음을 소란 뒤에 감추고
소통 없는 과거를 통과한 기억,

어두운 구멍에서 새어 나오는 바람과
익숙하게 익어 버린 익명의 이름들은
무명을 뚫고 서러운 것들의
그림자를 긴 명도로 늘어뜨렸다

발 달린 공포가 무서운 속도로 몸속을
통과할 때마다 일찍 떠난 것들이
수탉의 벼슬처럼 계산할 수 없는 슬픔을
붉게 울고 이불 속으로 스며든 빛은
시끄러운 소리로 모여들었다

꿈은 모이가 되어 어느 날개의
깃털로 자라고
날지 못한 두려움은 먹이를 쪼러
초라한 행색도 잊은 채 모여들었다

중앙도 없는 죄를 관통한 무서움은
축축하게 젖은 발바닥을 끈끈하게 기어오르고

매서운 속도를, 매우 오래된 기억을
왜곡도 없이 시끄럽게 끄집어내었다
이불 속으로 숨어든 고양이처럼 투명하게 울고 싶은
어둠 속으로 스며든 불안이 불길하게 떨리던,
새벽으로 넘어간 새가 시간을 삼키며 울던
봄밤이었다

집오리와 들오리의 집들이

책상 위에 쏟아진 건 지긋지긋한 오후였어
창으로 들어온 지겨운 햇살이
집오리의 괴성처럼 눈을 찡그렸지
검은 강아지의 파란 눈이 노려본 건
과거의 오늘이었어

"피가 쏟아져요 선생님,
곧 죽는 건가요?"

들오리의 꼬리털보다 손이 하얀 의사는
그건 누구나 겪는 통과의례라고
날카로운 메모에 스친 흉터인 듯
구겨진 일기에 적은 날씨인 듯
흰 가운을 흔들며 무심하게 울었지

"울지 않겠다고 약속하면
잊힐 비밀을 말해 줄게"

밤이면 은밀한 바람을 일으키는 그림자
긴 빛을 따라 길어지는 어둠은
하양 속에 잠든 검정
은은하게 퍼지는 은어는
바다를 그리워하다 죽어 버린 밀어
꼬리를 어지럽게 비틀거리며
심해를 헤엄치는 해진 셔츠 같은 언어는
뼈를 잃어버리고 헤어진 무척추의 슬픔

속삭이지 못한 말들이
비밀이 되어 허공을 떠돌고
잠들지 못한 오후의 나른함을
지루한 강아지의 낮잠같이 핥는 밤에는
집을 잃어버린 오리들이
괴성을 지르며 울어

울다 잠든 소리가 가위에 잘려
손끝에 전해지는 감촉을 감추면

나쁜 버릇을 버리지 못한
사랑 같은 열병과 깨어진 조각에 베인 상처가
피를 흘려도 멈추지 못할 환각을 넘어
환청처럼 곁을 맴돌아

"이건 비밀이니까 너만 알고 있어야 해
그렇지 않으면 우리 모두 모서리가 해진 사육장처럼
무너져 내릴지도 몰라"

검은 강아지의 입 속에 남은 하얀 오리털
애도하기에는 너무 파랗게 질려 버린
기억들이 집오리와 들오리의 차이처럼
무성하게 자랄 거야

점, 선, 면

면이 되지 못한 선들이 서글피 운다

어긋나 버린 점과

점점 멀어지는 사이들

비틀거리는 건 사선으로 간 시선과

떨어져 버린 곡선만이 아니었다

발목이 꺾여 버린 발자국을 따라

점 속을 헤매던 헤어진 그림자

오래된 해골을 끌어안고 부끄러움을 참으려

무릎 위에 떨어진 낡은 눈알을 언덕에 묻고

흙 속으로 강물을 흘려보냈다

부끄러웠기에 붉어진 살점들

부드럽게 휘어지지 못해

부러워했던 별이 떨어진 자리들

이 별에는 없는 이별을 모으며

떨림을 견디지 못해 서글피 울던 별똥별

점처럼 박힌 빛들을 모아 선이라 불렀던

가루가 되어 사막을 떠돌던 오래된 미래

만약,

우리가 그날 떨어지는 꽃잎을 밟지 않았다면

예보도 없이 쏟아지는 빗방울을 맞지 않았다면

완벽한 정사각형, 그게 아니라도

달의 뒷면에서 잡아당긴 바다처럼

모서리를 길게 늘어뜨린

마름모라도 되었다면

햇살 좋은 날 빛바랜 마르크스의 자본론을

써 내려가는 엥겔스의 펜촉처럼

수없이 어긋나 버린 면의 시작은

점처럼 흩어져 아무런 글자도 될 수 없었고

단어는 조각으로 부서져 파편을 밟고 떠나가 버렸다

점에서부터 어긋나 휘어 버린 선과

선이 되지 못해 서럽게 우는 우리에 갇혀

숨조차 쉴 수 없어 질식해 버린 우리

우리를 떠난 우리는 점점 멀어지는 중,

닿을 수 없는 거리를 건너려

건널목 너머로 손을 흔들고

비틀거리는 손은 낙엽처럼 거리에 마구 휘날리고

이별의 언어는 작은 점에서 시작되어

점점 더 멀어져 갔다

이 별에 살지 않는다는

헤어짐에 마침표를 찍고

비틀거리는 발자국 같은 점은 조금씩 휘어

면이 되지 못한 선들을 미워하며

점점 더 크게 서러운 울음을 울고

소리 없이 통곡하는 나비의 비행은

위태롭도록 뾰족한 면이 되어

나른한 봄의 핑계처럼 잠이 들었다

communism1
―초식 늑대

당겨진 기타 줄에서 늑대의 소리가 울리면 나는 이름을 남기지 않겠다. 나는 하나이면서 둘이고, 둘이면서 셋이다. 분열하는 것이 아니라 합쳐져야 하는 여럿, 낡은 기타 줄에서 태어난 늑대는 여섯 개의 줄을 부모로 가진 하얀 숨결, 기타의 음률에서 시작된 적막을 따라 세상이 적멸한다.

어린 늑대는 태어날 때부터 발이 셋이었다. 하나이면서 둘이고 둘이면서 셋인 사람들이 늑대의 없어진 발과 함께 춤을 추었다. 비틀거려도 아름다운 곡선, 뛰지 못하는 건 없다고 늑대의 첫걸음에 춤사위는 더 격렬해졌다. 억새 사이로 바람이 불어 허리를 굽히는 선율, 늑대는 육식을 버리고 초식을 선택했다. 하나이면서 둘이고 둘이면서 셋인 사람들이 날마다 늑대를 끌어안고 부드러운 억새를 찾아 하얀 늑대를 함박눈처럼 부드럽게 풀어놓았다. 적막 속으로 사라진 발이 음률에 맞춰 노래를 불렀다.

초식의 늑대는 초원을 꿈꿨지만 대지는 너무 멀었다. 셋으로 결합된 사람들이 위안을 주려 양을 제물로 바쳤지만 늑대는 양의 털만 뽑아 들고 함께 부드러운 억새를 먹었다. 억새꽃이 필 때면 세 개의 수술을 나눠 허리춤에 차고 억새밭을 누볐다. 여럿이면서 하나가 된 세계가 없는 발을 대신해 초원을 뛰어다녔기에 소원은 없었다. 소외는 가까운 곳에서 자랐지만 함께도 함께 자랐다. 그리 멀지 않은 곳에서 발이 없는 늑대와 털이 없는 양, 하나인 여럿이 강이 돌아나가는 둔덕에서 서로의 발을 바꿔 가며 춤을 추었다.

communism2

—you and me, or our

문밖에는 눈물이 많은 고양이가 문을 두드리고 있
었다

목줄에서는 방울이 딸랑이는 소리, 무릎 털이 벗겨진
고양이는

산에서 내려온 삵의 삶처럼 투박해 보였다

상처를 벗겨낸 자국이 상처를 넘어 문의 무늬에 닿
았다

낡은 문을 가진 노인과 털이 벗겨진 고양이가 마주
선 풍경

풍경 소리마저 멈춰 바람조차 움직이지 않는 시간이
흘렀다

적막을 먼저 깬 건 삐거덕거리던 문고리에 매달린 개
의 꼬리였다

고양이의 눈빛이 흔들렸지만 넷 중 늑대의 눈을 뽑아
들고

초원의 끝을 핥은 것이 누구인지는 아무도 알 수 없
었다

적적한 소란이 바람에 흔들릴 뿐이었고

요란한 괴물을 만들어낸 것처럼 풍경이 모이고 있을
뿐이었다

고양이는 문이 되고 싶었다

바람에 삐걱거려도 온기를 품은 문이 되어 노인의 손
길을 느끼고 싶었다

노인은 개의 꼬리가 되고 싶었다

둥글게 말았다가 활기차게 흔들리는 적막 속 아우성
이 그리워 오래전 잃어버린 것들을 찾고 싶었다

개의 꼬리는 고양이가 되고 싶었다

눈보라가 녹아 눈물이 되는 난로 앞을 떠나 긴 겨울
의 중앙을 파고드는 처량하게 부서진 날카로운 눈빛이
되고 싶었다

문은 아주 오래 생각하다 느릿한 걸음으로 노인이 되
고 싶었다

천천히 반겨 주는 즐거움을 배운 노인이 되어 느리게
지구의 끝까지 걸어 보고 싶었다

다리에 물집이 생기고 지팡이가 땅에 부딪혀 정적을 깨뜨려도 슬며시 부는 바람에 문고리를 여닫는 속도로 걸어가고 싶었다

서로가 서로가 되고 싶은, 눈 오는 늦은 오후의 풍경,

풍경은 조금씩 일그러져 서로의 삶을 위로하기 위해 모여들었다

적적한 소란이 서로의 위치를 바꾸며 풍경 속으로 스며들었다

모두들 꿈을 꾸고 일어난 오후, 낮잠에 든 세상이 조용히 기지개를 켰다

하얀 눈발이 부딪힌 햇살을 따라 무지개가 여럿 생겨 꿈을 이룰 수 있을 것 같은, 선 채로 꿈을 꾸는, 눈이 녹아 눈물이 되어 흐르는, 한낮의 풍경이었다.

communism3
—양들의 침묵

하늘에서 양이 내린다
축복이라 과장된 긴 여정
하늘에서 소복해진 양이 구름을 뚫고
지상을 향해 무서운 속도로 내린다

밭을 하얗게 덮어 버린 아우성
사람들이 소음을 피해 구름 위로 올라선다
CO_2의 테두리에 소란을 가두려 뿌려지는 하얀 위선
위를 향하는 우주선에 갇힌 원숭이 한 마리가
호흡곤란으로 서서히 죽어 간다

　양들의 침묵을 위해 떠나 주어야겠습니다. 밭에는 이
제 곡식 대신 당신 따위를 닮은 풀이 자랄 겁니다. 소중
한 양의 먹이입니다. 그리고 당신의 집 위에 커다란 굴뚝
을 세울 겁니다. 담배처럼 CO_2를 마음껏 뿜어내고 당신
의 살갗보다 두꺼운 겨울을 양과 함께 보낼 겁니다. 양털
이 당신보다 소중하냐고요? 별말씀을 다 하십니다. 당
연한 것을, 그러니 양털보다 뽀송한 하얀 구름 위로 떠

나 주시기를 바랍니다. 당신이 밟을 땅은 어디에도 없습니다. 당신의 겨울을 위해 준비한 살갗은 저의 배에 두둑이 쌓아 두겠습니다. 그러니 말없이, 말도 없이 떠나 주시길 바랍니다.

소복이 쌓인 하얀 양을 위해
구름을 밟는 사람들,
무게를 견디지 못해 비처럼 곤두박질치는
장마를 지나 겨울의 길목에 들어선 사람들,
기름진 털을 위해 살갗을 땅 위에 튀기며
내뱉은 아우성이 쌓인다

높은 담 위로 눈보다 하얀 연기가
지구의 아래에 쌓인다
양이 내리는 만큼 아픈 동물이 늘어나고
아픈 아이들이 태어난다
양을 위한 침묵이 시작되는 겨울의 초입
양이 되지 못한 것들이 구름에 매달려

하늘을 떠나지만 연기에 가려 보이지 않는다

보이지 않아 슬픈 것들이 눈 밑에 자라
눈은 쌓였다 녹았다 반복하고
검은 발자국들이 하얀 눈 위를 걸어
잠들지 않은 양의 털을 벗긴다
긴 침묵이 울음을 참지 못해
구름보다 멀리 날아간다
흰 털을 나눠 가진 사람들은
추위를 녹이려 붉은 포도주를 데운다
털이 벗겨진 양이 쌓인 눈을 뒤집어쓰고
구름 아래로 떨어진 사람의 살갗을 이불 대신 덮는다

벌의 독백체

커다란 벌집 밑으로 말벌들이 웅성거린다
흐릿해진 구름 사이로 곧 비 같은 죄가 쏟아지리라는
걸 아는지
오랜 과거를 고백하는 말들이 바닥에 부딪히는 빗방
울보다 더 큰 소리로 어제 못다 한 잘못을 고백한다

살기 위해서였어요. 살기 위해 배추흰나비 애벌레를
잡았고 아이들의 배 속에 유충의 즙을 늪처럼 흘려보냈
죠. 변명을 한다고 죄가 죄다 작아지는 것은 아니지만
단지 살기 위해 저지른 일이에요.

웅성거림 속을 뚫고 흔들리는 독백은 고해성사를 마
친 신부의 폐부 깊숙이 남겨진 웅어리진 한숨
예쁜 화장을 마친 신부가 신랑의 팔짱을 뿌리치고 잊
지 못한 뿌리를 찾아 깊은 늪 속으로 잠긴다
허우적거릴수록 빠져나올 수 없는 나쁜 사랑의 버릇
들, 벌써 발바닥이 축축해져 늪 속으로 가라앉은 늦어
버린 오후의 독백은 숲에 부딪혀 깨지고 메아리가 되지

못한 벌들이 원죄를 고백하려 무릎을 적신다

　잊지 못했어요. 결혼 행진곡 사이로 눈물이 보였고, 그 눈물을 쫓아갔어요. 그곳에 정말 그가 있는 줄 몰랐어요. 그의 입 속에서 흘러나온 말이 거짓이라 해도 좋았어요. 숲이란 단어를 발음하면 그냥 슬퍼지는 것처럼, 늪이란 단어에 빠져 그의 손을 잡고 뛰었죠. 눈물이 손등을 적셨는데 아주 깊은 강에 빠진 것 같았어요. 아무것도 보이지 않았고, 아무 말도 할 수 없었죠. 우린 쏟아지는 눈물을 피해 말벌들이 지어 놓은 커다란 집 밑으로 숨었죠. 아무도 올 수 없을 거라 믿었을 때, 애벌레의 배에서 흐른 즙이 늪처럼 어린 벌의 입 속으로 빨려 들어갔고 우린 또 다른 죄를 지었다는 걸 알았죠. 하지만 세상은 죄다 죄지은 것들이 사는 곳이잖아요.

　젊은 노동자가 죽었고
　추운 겨울 어린아이가 맨발로 등교했고
　컴컴한 방에서 오래된 사랑을 버렸지만

우리는 모두 침묵했죠
침몰하는 선원들의 아우성이 들렸지만
조용히 하지 않으면 같은 죄의 늪에 빠질까
두려움 속에 벌벌 떨며 겨울바람에 쓰러진
감나무처럼 모가지를 꺾었죠

아무 말도 하지 않아야 살 수 있는 날들이
뱃살처럼 늘어났고 뚱뚱해진 몸을 일으킬 생각은
추호도 없었죠
진실 대신 추문이 더 좋아, 밤이면
컴퓨터를 뒤적였고 자위를 준비하듯 자해를 했죠
오랜 침묵은 침몰되어 아무도 찾을 수 없다는 사실
을 잊은 채
웅성이는 말벌들의 대화를 엿들으며,
벌에 대한 이야기를 쏟아지는 비처럼 받아 적었죠

소설가 지망생 K씨의 소설론

그는 끔찍하게 잔인한 소설을 쓰고 싶었다
첫 장부터 흥건하게 피가 흘러 독자의 검지를 적시는
하지만 그는 아직 첫 줄도 완성하지 못했다
그의 잔인성이란
한낱 이별에 불과한 것
시간이 지나면 펜 끝처럼 무뎌질
한낮의 헤어짐이었으니까

그는 읽을수록 독처럼 퍼져
독기를 가득 문 독사의 몸뚱이같이
한 번도 겪어 보지 못한
쓸데없는 이별이 이토록 잔인하게
박쥐의 송곳니처럼 몸을 파고들어
한낮의 이별보다 더 많은 멀어짐을 낳고
첫 장부터 흥건히 젖은 채
눈에 맺힌 얼룩으로 한 장도 넘길 수 없는
적으면 적을수록 축축해지는 기록을
햇살 좋은 한낮, 한낱 이별에 대한

긴 독백체의 소설을 독주를 마시듯
써 내려가고 싶었다

그러나 첫눈이 올 때까지
첫 줄도 완성하지 못한 습지 같은 습작
소설을 넘어 대설을 지나
또 봄이 와도 한 걸음도 걷지 못한 늪지
늪에 빠져 허우적거리는 헤어짐은
숲에서 잃은 길처럼 울창하게 울어 버린
시작도 끝도 없는 문장
문장이 되지 못한 언어들은
첫 글자의 마디에 걸려
빈 종이와 허공 사이를 파도처럼 흐르고
부서진 파도는
지상에 두고 간 눈물이 되었다

첫 글자부터 흥건히 젖은
끔찍한 이별을 쓰고 싶었던 그는

부서진 파도처럼 모래 위에 맺힌
핏방울을 밟고 모래보다 더 많은
언어를 중얼거리다
파편이 된 파도의 조각을 밟고
공중을 맴도는 새가 되어 떠났다

이별과도 이별한 그의 습작과
습지를 건너지도 못한 단어들은
축축한 기록이 되었고
숨 한 번 쉬지 않은 숲속 깊숙한
한 그루 나무가 되어
이별이 서글픈 것들이 젖지 않도록
무릎에서부터 눈물을 흘렸다

마지막 귀가

삼각형의 방에 귀가 자랐다
나는 서럽게 굳은 곡선이 처량해
매일 밤 귀를 씻었다

하고 싶은 말들은 늙은 당나무에서도
오래전 떠난 소식들에서도 들리지 않았다

죽은 책들이 길게 늘어선 삼각형의 방
그곳에는 낡은 어머니가 잉태한 어린것들의 울음소
리만
정교한 페이지의 오타처럼 흘러내렸고
찾지 못한 역사소설의 결말처럼 소리 질렀다

끊이지 않는 비명이 커질 때면
온몸을 구겨 귀를 막고 싶었다
최후의 곡선인 듯 태초의 사선인 듯
길게 늘어진 길을 막고 웅크린 몸으로 잠들고 싶었다

하지만 귓속을 흘러넘치는 체온 같은 파도
터져 버린 양수에서는 오물을 뒤집어쓴 내가 계속 버
려지고
방에는 사소한 취미인 듯 악취만 피어올랐다

돌아오지 못한 사람들의 끝없는 귀가
귀가 처량한 날이면 최초의 집으로 돌아가
잘못 쓴 글자들이 얼룩질 때까지 서럽게 울고 싶었다

브루누의 일기[1]

최선교(문학평론가)

미국의 SF 소설가인 옥타비아 버틀러의 소설 『씨앗을 뿌리는 사람의 우화』에서 '초공감증후군hyperempathy syndrome'을 가지고 태어난 로렌은 타인의 감정과 감각을 동일하게 공유한다. 피 흘리는 사람을 바라보는 것만으로도 똑같은 고통을 느끼고, 누군가를 때릴 때도 자신의 몸에 그만큼 충격을 받는다. 고통뿐만 아니라 성관계를 맺는 상대의 쾌락을 공유하기도 하는 이 증후군은 불가항력적인 공감이 무엇을 (불)가능하게 만드는지 보여 준다. 다행스럽게도 이 이야기는 허구이다. 현실에 초공감증후군이란 현상은 없으며, 오히려 이 이야기를 통해 현실에서 불가능한 공감의 상태를 돌아보게 된다. 타인의 상태를 추측하여 자신도 그렇다고 느끼는 것이 공감이라면, 오히려 현실에서 영영 불가능한 것이 공감일 수도 있다. 버틀러가 상상한 초공감증후군 이야기를 읽다 보면 이야기 밖 현실에서의 공감은 본질적으로 '공감에 유사한 것'쯤으로 여겨진다. 유독 눈길이 가는 대목은 증후군으로 인해 타인의 구체적인 통증을 공유하는 순간이다. 이 이야기가 SF임을 여실히 드러내는 대목이

---

1 이 시집에 수록된 「브루누 공화국」이란 시에서 '브루누'는 "포르투갈어로 음침한, 어스름한, 어두운, 불행함을 뜻하는 형용사"로 소개되고 있다. 한편 이 말은 "내가 키운 토끼의 이름은 모두 브루누"라는 대목에서 명사의 자리에 놓이기도 한다.

기도 하다. 병원에 가서 의사에게 자신의 증상과 아픔의 정도를 설명하는 순간을 떠올려 본다. 이때의 설명은 객관적인 현상 기술에 불과하며, 자신이 경험하는 주관적 통증의 정도를 보통 제대로 담아내지 못한다. (그래서인지 많은 의사들은 통증을 1부터 10까지라고 했을 때, 환자가 느끼는 강도가 어느 정도인지 대답해 보라고 권유한다. 하지만 1부터 10이라는 기준 역시 개인마다 천차만별인 것 아닌가?)

김균탁의 첫 시집을 읽으며 초공감에 관한 상상을 한 이유는, 이 시집에는 그러한 상상이 실현될 수 없는 현실에 살며 취약한 시적 언어들로 악몽 같은 밤을 묘사하기 위해 분투한 흔적이 적나라하게 드러나고 있었기 때문이다. 파편 같은 언어를 오려 붙여 자신의 통증에 최대한 가깝게 만들고자 하지만, 자꾸만 미끄러지는 언어들은 고통을 두 배로 불린다. 악몽 같은 밤도 모자라, 그 밤을 묘사하기 위한 과정에서 녹초가 되어 버리는 것이다. 고통이라는 모호한 개념을 겨냥하는 발화는 최대한 그것이 유발하는 감각의 주변으로 시적 언어를 가까이 가져다 두는 것을 목적으로 삼는다. 이러한 시 쓰기 행위는 통증을 완화하는 해결책이자, 어김없이 실패함으로써 또 다른 고통을 연달아 낳는 원인이 된다. 지극히

사적인 통증을 명확하게 전달하는 일이 성공할 수 없는 것처럼, 고통을 묘사하려는 시작詩作 행위는 실패한 언어들을 생산한다. 다만 김균탁의 시집에서 이러한 언어들은 반추의 대상에서 벗어나, 화자에게 이중의 고통을 가하는 일종의 행위자로 그려진다.

> 고백은 언제나 따가웠다
> 혀끝을 맴돌다 죽어 버린 말들과
> 세상에 나와 숨어 버린 말들이
> 무덤을 배회하며 춤을 추었다
> 죽은 내가 일어나 잃어버린 말들을
> 하나씩 끄집어내어 끄적거렸다
>
> ─'시인의 말' 부분

고통의 끝은 소멸이 아니다. 김균탁의 시집은 죽을 정도로 힘들지만 결코 죽음(고통의 중단)이 허락되지 않는 시간을 기록한 일종의 투병 일기이다. "고백은 언제나 따가"운 통증을 동반한다. 한없이 밑으로 가라앉는 우울한 정서가 지배적인 시편들에도 불구하고, 죽지 않고 살아 있다는 사실은 늘 징그럽게 돌아온다. 죽지 못하는 이유는 말이 죽지 않았기 때문이다. 죽기를 거부하는 "죽어 버린 말들"과 "세상에 나와 숨어 버린 말들"

은 춤을 추고 무덤을 배회하며, 기어코 "죽은 내가 일어나"게 만든다. 생과 사의 경계에서 춤을 추는 말들, 배출되지 않았으나 소화되기마저 거부하는 말들은 죽음과 삶 중에서 어느 한편으로 넘어가지 않고 끈질기게 그 사이의 영역을 맴돈다. 말들은 이 시집을 죽음 쪽으로 끌어당기다가도, 영영 죽음 쪽으로 끌려가기 직전에 다시 악몽 같은 삶의 자리로 데려다 놓는다. 조용하고 치열하게 삶과 죽음을 돌고 돈다. 언어는 고통을 완화하기 위한 유일한 수단이자, 고통을 증가시키는 원인이다. 꼬리에 꼬리를 무는 언어의 작용은 이 시집이 내포한 '지독한 생동감'을 야기한다.

발 달린 공포가 뛰어오자
몇 발의 언어를 쏘았다
몸통이 분리된 언어는
털이 선 고양이의 날카로운 발톱처럼
오른쪽 관자놀이를 통과해 커다란 구멍을 만들었다

구멍에서는 기형의 기억들이
담쟁이덩굴처럼 걸어 나왔다
비명을 지르고 싶었지만
입보다 큰 구멍에서 먼저 흘러내린 소음

소란을 덮어 버리고 몸을 관통해 흐느적거리던 너

기억 속 괴물을 피해 이불을 뒤집어쓰고

발바닥이 축축해지도록 울던 날이었다

　　　　　　　—「떠난 이들의 이름 대신 울었다」 부분

　발이 달린 공포는 언어를 앞질러 나를 덮쳐 온다. 이름을 부를 수 있다면 덜 무서울지도 모른다. 하지만 그럴 틈도 없이 나를 향해 달려오는 공포는 말 그대로 공포의 감각 그 자체이다. 뒤늦게 공포를 겨냥하여 쏘아 올린 언어는 무엇을 관통했을까? 공포를 언어화하려는 시도는 "오른쪽 관자놀이를 통과해 커다란 구멍을 만"든다. 화자로부터 탄생했을 공포이므로, 구멍이 난 곳은 "오른쪽 관자놀이"처럼 화자의 신체를 암시하는 부위이다. 비명을 지르기도 전에 구멍에서 흘러나온 "기형의 기억들"은 "소란을 덮어 버리고 몸을 관통"한다. 공포를 겨냥할 수 있는 유일한 방법인 언어는 도리어 나를 관통하고, 더 큰 공포를 불러온다. 뛰어오고, 쏘아 올리고, 걸어 나오는 등 고통에 동반하는 동적인 이미지는 이 시집이 "살아 움직이는 죽은 것들"(「기린처럼 목이 길었던 장마」)의 지독한 생동감으로 가득하게 만든다. 「매일 새싹 같은 악몽이 돋아」라는 시는 악몽에 붙잡혀 꼼짝없이 몸이 잘려 나가는 지난한 밤을 그린다. 손가락과 팔과 다리가 잘려 나가는 중에 "잘려 나간 마디에서 악몽의 의미가 자란다". 가위가 손가락을 자르면 가지치기한 사과나무에서는 꽃이 피고, 손톱에서 자란 꽃은 심장을 삼킨다. 이 고통이 차라리 모든 것을 완전히 끝내는 종류의 것이라면 좋을 텐데, 고통은 "찢어도 다시 피어나는 꽃잎"(「녹슨 꽃」)처럼 삶을 잔인하게 연명시킨다. 그칠 줄 모르는 눈물을 흘리는 신체에서는 "늑골 사이로 버섯이 자"라고 "습지가 자"란다(「자작나무 숲에서 길을 잃다」). 살아 있기 때문에 경험하는 고통에 이어, 언어화의 과정을 거치며 경험하는 이중의 고통은 이 시집의 화자들을 명백한 질병의 상태에 빠트린다. 그러나 이 질병의 원인을 무엇으로 특정할 수 있을까? 살아 있다는 고통과 분투하는 과정에 시작 행위가 동반하는 한편 이러한 행위의 일시적 실패로 인해 또 다른 고통이 야기될 때, 이 시집이 보이는 증상의 원인과 결과는 구분할 수 없이 혼재된다.

　　원인이 무엇인가요? 왜 그런지 알 수 있나요? 쓸데없는 질문이지만 🌢🌢🌢처럼 쏟아지고 ◆◆처럼 토해내는 궁금증, 울지 않으려 노력해도 ◆◆이 흐릅니다. 왜 우냐고 물으신다면 그냥입니다. 그냥이 슬퍼서 그냥 흘러내리는 🌢🌢🌢입니다.

그냥은 참 슬픈 단어, 가만히 적어 놓아도●●에 퍼진 글자를 흔들어 보아도 얼어 버린 수도꼭지처럼 터져 흘러 내리는 멈추지 않는 증상들, 그냥이라 적어 놓고 그냥 웁니다. 이게 우울증이라면 전 *그냥증*에 걸린 환자입니다. 왜냐하면 세상은 그냥 말없이도 슬프기 때문입니다.

—「물방울(●●●)과 눈물(●●)」 부분

김균탁의 시집에서 빈번하게 등장하는 구체적 증상은 단연코 울음이다. 화자는 울고 싶거나, 이미 울고 있거나, 이제 막 울기 시작한다. 그런데 이러한 증상의 원인을 찾으려고 할 때 가닿게 되는 지점은 '그냥'이다. 원인과 결과가 혼재되어 구분할 수 없는 지경에 이른 이 시집의 증상은 결국 '그냥'이라는 말로 봉합할 수밖에 없을 만큼 복잡하다. 우울증이 '그냥증'이 되는 이유는 이것이다. 살아 있기 때문에 아픈 것인데, 왜 아프냐는 질문에 답할 말이 없다. 초공감 같은 것이 불가능한 현실에서 타인의 고통을 가늠하는 언어 역시 취약하기는 마찬가지이다. "허리가 굽은 의사가 목에 줄을 걸고/손, 발, 앉아, 기다려 오래된 바게트처럼/부서지기 쉬운 어투로 진찰을 했습니다"(「시시콜콜한 ☆☆ 이야기를 써서 주머니에 넣어 두었다」). 자신의 통증을 묘사하려는 시도가 필연적으로 실패하는 까닭에, 누구도 타인의 통증을 가늠할 수 있는 적절한 방법을 찾을 수 없다. "수술을 감당할 수 있는 의사는 없을 것 같아요"(「날개깃이 없는 천사가 남긴 신의 시」)라는 문장처럼.

게다가 이 시집에서 불행을 맞닥뜨린 화자들은 종종 웃음이나 권태처럼 일반적인 경로를 벗어난 반응을 보인다. 이러한 상황은 "얼어 버린 수도꼭지처럼 터져 흘러내리는 멈추지 않는 증상들"을 오진할 가능성을 높인다. 특정 상황에 대한 반응을 일종의 증상으로 볼 때, 이 시집의 화자들이 보이는 비규범적 증상은 적절한 진단을 내릴 수 없게 만드는 요인이다. 가령 누군가가 죽었다는 소식을 듣고 술에 취해 웃는 것은 규범적인 애도의 형식을 이탈한다(「하얀 눈이 붉어질 때까지」). 연쇄 살인이나 동반 살인 같은 뉴스 앞에서 느끼는 권태로움 역시 그러하다(「지구별 보고서」). 반면, 규범에서 이탈하는 증상들은 오히려 이 시집이 묘사하려는 고통의 본질을 '정확하게' 드러내는 방식이 되기도 한다. 미끄러지는 언어들이 고통을 야기하는 원인이라면, 발현하는 증상 역시 그러한 언어의 성질을 닮아 일탈적인 형태로 드러나는 것이다.

이로부터 김균탁의 시집이 동음이의어를 빈번하게

사용하는 이유를 발견할 수 있다. 동음이의어는 소리가
같지만 뜻이 다른 단어들이다.[2]

시든 꽃을 담가 놓은 '화병'은 어머니를 쓰러지게 한
'화병'이 되고(「기린처럼 목이 길었던 장마」), '우리'가 비
명을 지르던 곳은 우울한 토끼가 자라는 '우리'로 연결
된다(「브루누 공화국」). 여기서 주목하고자 하는 것은
동음이의어가 작동하는 원리와 김균탁의 시집이 보여
주는 일탈적 증상 사이의 연관 관계이다. 특히 이 시집
에서 그림문자들이 동음이의어와 연결되며 만들어내
는 의미에 눈길이 간다. 「눈(👁) 내리는 날 눈(☁) 속에
서」에서 '눈'이라는 단어는 각기 다른 그림문자로 대체
되며 구별된 의미를 제시한다. 하지만 감각 기관인 '눈'
과 하늘에서 내리는 '눈'의 기호를 구별하며 읽는 과정
에서 돌연 '눈(👁)'과 '눈(☁)'이 자리를 바꾼다. '눈'이라
는 단어를 사용하여 위치를 바꾸었더라면 알아채지 못
했을 자리바꿈이 그림문자를 사용하면서 드러나는 것
이다. 일반적으로 동음이의어는 맥락을 살핌으로써 두
단어를 구별할 수 있다. 그러나 이 시는 맥락과는 영 다
른 결과물을 그 자리에 놓아둔다. "☁을 감는다"든지
"👁사람" 같은 표현이 그렇다. 그림문자의 사용은 시적
의미의 일탈 과정과 다의성을 노골적으로 가시화한다.
다시 말해, 일반적으로 예측되는 경로를 벗어나면서 의

---

2 물방울과 눈물이 공유하는 성질로도 볼 수 있다. 물방울과 눈물은 표면
적으로 구분할 수 없는 작은 물 덩어리이지만, 무엇을 화자의 증상으로 볼 것인
지에 따라 그 의미가 달라지기 때문이다.

미를 확장하는 시적 언어의 본질을 드러내는 것이다. 이러한 방식은 가시화된 증상이 규범적인 방식에 의해 파악될 수 없으며, 대부분의 경우 개인의 증상은 언제나 인식의 범위에서 이탈할 가능성을 내포한다는 사실을 암시한다. 기호들은 「사선」이나 「해적선」에서처럼 단어와 이미지를 일대일로 시각화하여 단어(말)를 그림으로 대체하는 역할을 수행한다. 「해적선」에서 주된 소재인 '구멍'은 "가슴에 난 구멍" "머리에 난 구멍" "허벅지를 관통한 구멍" "눈에 난 두 개의 구멍" 등으로 분화하며 다양한 시각적 기호로 재현된다.

해적이 아니라고 파도처럼 울어도 나오지 않는 목소리

반짝이는 모래 빛처럼 반짝이며 쏟아지는 탄알

남자는 ○●에서 기억을 흘리고

똬리를 튼 슬픔이 소리도 없이 부딪혔다

기억을 견디지 못해

고름처럼 부서지는 파도

기억되지 못한 사건이 구멍으로 흘려내렸다

—「해적선」 부분

그러나 시의 후반부에 이르러 나란히 제시되던 단어

와 기호 중에서 단어가 홀로 자취를 감춘다. 오로지 기호만이 남아 단어를 대체한다. 이전까지 단어 A와 기호 A가 나란히 제시되며 형성하던 범례는 무용지물이 된다. 쉽게 말해, 덩그러니 제시된 "○●"나 " ⬭ ⬬"를 어떤 종류의 '구멍'으로 읽어야 할지 갈피를 잡을 수 없게 되는 것이다. 기호가 단어를 대체하는 과정에서 참고할 범례가 효력을 잃을 때, 비로소 이곳이 시詩의 장소라는 사실을 실감한다. 여기가 시적 장소인 이상 처음부터 정해져 있는 자리는 없다. '👁️사람'이든, '☁️사람'이든, 시의 장소에서 허용되는 일탈적 증상을 묘사하기에 모든 기호는 '합당'하다. 덩그러니 제시된 구멍의 기호들이 해독을 기다린다. 타인의 고통을 어림잡아 헤아리는 의사의 심정으로 기호들을 마주한다. '○●'이나 '울음'처럼 겉으로 드러난 기표(증상)는 오직 단 하나의 의미(원인)에서 기인한 것이 아니므로, 무수히 세분화되는 일탈적 독해를 유도한다. 이것이 초공감증후군이 없는 세계에서 나의 고통을 묘사하거나 묘사된 고통의 이미지를 독해하는 방식이다.

「뼈와 살」에서 소괄호로 묶인 단어들은 빈칸이 뚫린 시험지에 임시로 적어 놓은 정답처럼 언제든 다른 말로 바뀔 수 있다는 듯 그 자리에 놓여 있다. 괄호로 가득한 기도를 올리는 화자에게서 기도의 대상과 기도의 내용을 알아내기란 쉽지 않다. 그러나 빈 괄호의 형체를 빌려서라도 이 기도의 부피는 유지된다. "(괄호) 안에 계신 아버지 ()를 들어 주시길 바랍니다". 그림문자를 읽어내고 괄호 속에 단어를 채워 넣을 때 삶의 형체역시 지독하게 돌아온다. 시들기는 하지만 끝나지 않는 꽃처럼 징그럽게 개화한다. 이것은 불행 혹은 다행이다. 일탈하는 시적 의미가 다의성을 획득하면서 명확할 수없는 삶의 형체가 가까스로 유지되기 때문이다. 새삼스럽게 곱씹어 보는 이 시집의 제목은 "엄마는 내가 일찍 죽을 거라 생각했다"(「사자」)는 고백이다. 한편 이 과거형의 고백이 증명하는 것은 화자가 살아남아 고통의 묘사를 중단하지 않았다는 사실이다. 이때 그가 죽음을 이겨냈다거나 문득 살고 싶어졌다는 해석은 적절하지 않다. 여전히 "지겹도록 무서운 밤"(「사자」)은 이 시집의 화자들을 괴롭힌다. "지겹도록 끈질긴 죽음에 대한 유혹"(「사자」)에는 중단이라는 것이 없다. 다만 언어들이 살아남는다. 발화되기 전에는 죽지 않으려고 발버둥 치는 언어들이 스스로의 생존을 기록한다. 그것이비록 경로를 벗어난 기록일지라도, 살아남으려는 말들은 고통스러운 춤을 멈출 생각이 없다. 고통과 죽음의 반대편에 '살기 전에는 죽을 수 없는' 언어들의 혼탁한

욕망을 데려다 놓을 때, 비로소 김균탁의 첫 시집이 품
고 있는 기이한 밀도가 완성된다.

엄마는 내가 일찍 죽을 거라 생각했다
2024년 3월 15일 1판 1쇄 펴냄

지은이   김균탁
펴낸이   김성규
편집   김안녕 한도연
디자인   신아영
펴낸곳   걷는사람
주소   서울 마포구 월드컵로16길 51 서교자이빌 304호
전화   02 323 2602
팩스   02 323 2603
등록   2016년 11월 18일 제25100-2016-000083호

ISBN 979-11-93412-33-6 04810
ISBN 979-11-89128-01-2 (세트)